¿QUIÉN ES
CARMEN
SANDIEGO?™

El texto está compuesto en Adobe Garamond Pro.

Datos de catalogación de la Biblioteca del Congreso
Names: Tinker, Rebecca, adapter. | Capizzi, Duane, screenwriter.
Title: Who in the world is Carmen Sandiego? / adaptation by Rebecca Tinker ;
based on the teleplay by Duane Capizzi ; with a foreword by Gina Rodriguez.
Description: Boston ; New York : Houghton Mifflin Harcourt, [2019] |
Series: Carmen Sandiego Identifiers: LCCN 2018020063 |
ISBN 9781328526816 (paper over board) Subjects: | BISAC: JUVENILE
FICTION / Media Tie - In. | JUVENILE FICTION / Action & Adventure /
General. | JUVENILE FICTION / Law & Crime.
Classification: LCC PZ7.1.T57 Wh 2019 |
DDC [Fic]—dc23
LC record available at https://lccn.loc.gov/2018020063

¿QUIÉN ES CARMEN SANDIEGO?™

Adaptación de Rebecca Tinker
Traducción de Liliana Cosentino
Basado en el telefilme de Duane Capizzi

Con prólogo de
Gina Rodriguez

HOUGHTON MIFFLIN HARCOURT

BOSTON NEW YORK

PRÓLOGO

de Gina Rodríguez

CARMEN SANDIEGO SIEMPRE FUE UNA HEROÍNA PARA MÍ. Puede parecer extraño, dado que, durante mucho tiempo, era poco lo que sabía acerca de ella, aparte de que era una gran ladrona. Y, por supuesto, yo no quería ser ladrona.

Mis hermanas y yo crecimos con *Where in the World Is Carmen Sandiego? (¿Dónde está Carmen Sandiego? Búscala por todo el mundo)*. La perseguimos por todo el planeta en un juego para computadora y en un programa de televisión. Es cierto, no sabíamos, realmente, quién era ni por qué hacía las cosas que hacía. Pero sí sabíamos que Carmen Sandiego viajaba: recorría el mundo, veía toda clase de lugares y exploraba culturas diferentes. Yo admiraba esas cosas de ella. El resto de su historia era un misterio, pero yo podía resolverlo con la imaginación. Quería ver el mundo y ser como una esponja, absorber todo el conocimiento, igual que Carmen Sandiego.

Pero ahora ya no tenemos que imaginarnos la historia de Carmen. Después de estar tanto tiempo tratando de averiguar *¿Dónde está Carmen Sandiego?*, es hora de prestar atención a una pregunta aún más importante: *¿Quién* es Carmen Sandiego? ¿Cuál es su trasfondo? ¿De dónde proviene? ¿Por qué roba? Y ¿cómo aprendió a hacerlo con tanta maestría?

En esencia, Carmen es una mujer fuerte, humilde y valiente que trata de curar el dolor de su pasado y, mientras lo hace, ayuda a muchas personas a su alrededor. No creo que nadie se proponga ser un héroe o un modelo. No creo que sea de ese modo como uno llega a serlo. Pero cuando uno va tras sus sueños, cuando se fija metas y las persigue con trabajo arduo y persistencia y fe e integridad, entonces se va forjando un camino que los demás quieren seguir gracias a la luz que uno irradia. Si uno se propone ser la mejor versión de uno mismo, no hay manera de equivocarse. Y eso es lo que hace Carmen. Requiere de prueba y error. Por supuesto, hay obstáculos en la marcha. Pero Carmen nos muestra que, si damos lugar al fracaso y al rechazo, sabiendo que son parte inevitable de la vida, estos nos fortalecen en la trayectoria hacia el éxito.

Como la voz de Carmen, tengo la oportunidad de reflejar el tipo de mujer valiente y empoderada que quiero ser. Carmen defiende aquello en lo que cree. Les da oportunidades a los que no tienen nada, y por ello representa un modelo para mí. Eso es lo que quiero hacer con mi vida: crear oportunidades donde veo que no hay nada, compartiendo mis bendiciones y obsequiándolas para dar lugar a más y dar más a los demás.

Estoy muy feliz por ser parte del mundo de Carmen Sandiego. Cuando me ofrecieron este papel, ¡realmente, se me caían las lágrimas! No podía creer que sería la voz de Carmen Sandiego. Sabía que Rita Moreno, uno de mis ídolos de la infancia, había sido su voz en una versión anterior y sentía como si me estuvieran pasando el testigo. Nunca había participado en un proyecto conocido por mis familiares, y era muy divertido poder decirles que sería la próxima Carmen. Al final, todos conocían al personaje que iba a representar y les resultaba increíble que fuera a gozar de este honor. Cuando era más joven, fue conmovedor verme en la pantalla. Espero que Carmen Sandiego refleje hoy el valor, la fuerza y el feminismo con que la imaginaba cuando yo era una niña. Cuando uno sigue sus sueños, permite que otros sigan los suyos. He trabajado arduamente para prepararme y establecer los cimientos de la autoestima y el cuidado de mí misma para poder cumplir mis sueños y no tener miedo de hacerlo. Lo mismo que Carmen.

GINA RODRIGUEZ nació y se crio en Chicago, en la actualidad vive en Los Ángeles y es graduada de la Tisch School of the Arts. Representa el papel protagónico en la serie de CW *Jane the Virgin* (Juana, la Virgen), por el cual ganó el premio Globo de Oro a la mejor actriz de serie de televisión (musical o comedia) en 2015. También le da voz al personaje de Carmen Sandiego de la serie animada de Netflix. Además de actuar, Gina es una ferviente defensora de la inclusión y del empoderamiento de la mujer. Su pasión la llevó a fundar su productora, I Can and I Will Productions, con la misión de crear piezas artísticas que relaten historias de quienes, tradicionalmente, no son vistos ni escuchados. También estableció la fundación We Will Foundation con su familia para reunir fondos destinados a educación artística y becas para personas menos favorecidas, con el objetivo de apoyar e inspirar a mujeres y hombres jóvenes.

CAPÍTULO UNO

STABA ANOCHECIENDO EN LA CIUDAD HISTÓRICA de Poitiers, Francia. Las catedrales medievales resplandecían con la dorada luz del crepúsculo mientras los residentes regresaban a su hogar por las calles empedradas.

Sin embargo, uno de los residentes de Poitiers no tenía intenciones de regresar a su casa esa noche.

Dentro de un elegante auto negro estacionado en la plaza de la ciudad, el inspector Chase Devineaux asió el volante con tanta fuerza que los nudillos se le pusieron blancos.

Durante los dos días anteriores, desde que se rumoreaba que la tristemente famosa ladrona trotamundos conocida como Carmen Sandiego había llegado a la ciudad, ese agente de Interpol de Francia había dedicado cada minuto de vigilia a organizar su captura. Todos estaban detrás de Carmen Sandiego, y ella había logrado evadir a las oficinas y los agentes de todo el mundo. Chase no había dormido y apenas había comido porque sabía que esa podía ser su única posibilidad de arrestarla. Por fin la superladrona estaba en su jurisdicción, y él no desperdiciaría esa oportunidad. *La atraparé aunque sea la última cosa que haga,* pensó.

Miró a Julia Argent, que estaba a su lado en el asiento de pasajeros, desplazando atentamente la pantalla de su tableta en busca de datos. Era una agente recién reclutada; tenía una melena muy corta, de cabello negro lacio y brillante, y llevaba lentes redondos que le agrandaban aún más los enormes ojos marrones. Era mitad china y mitad inglesa, y tenía facilidad para cuestiones como idiomas e historia. Pero en lo que realmente se destacaba era en resolver problemas usando la lógica. Chase ya había empezado a advertir, en los pocos días que llevaba trabajando con ella, que lo que a Julia le faltaba de experiencia lo compensaba con inteligencia. Y nunca lo admitiría, pero eso lo intimidaba.

Julia se acomodó los lentes mientras miraba con atención la pantalla y deslizaba una serie de imágenes borrosas. Todas las imágenes mostraban a la misma mujer en distintos lugares exóticos del mundo. En una, estaba saliendo de un banco en Hong Kong. En otra, estaba abordando un tren en Noruega. En cada fotografía, la misteriosa mujer vestía la misma gabardina de color rojo vibrante que hacía juego con un fedora inclinado en ángulo perfecto en la cabeza. Pero el rostro siempre le quedaba oculto, como si supiera en qué momento exacto debía mirar hacia otro lado y esconder sus facciones.

—¡Solo en las últimas semanas, esta *Carmen Sandiego* ha robado millones de un banco suizo, una lujosa galería de arte en El Cairo y un parque de diversiones en Shanghái! —exclamó Chase mientras sujetaba aun con más fuerza el volante.

Julia asintió sin quitar los ojos de la información.

—Todavía debemos hallar un patrón. ¿No le resulta extraño, señor, que ella aparezca en público antes de cometer un delito, como si quisiera anunciarlo? Como hoy aquí, en Poitiers, más temprano, cuando se la vio en una cafetería.

Chase refunfuñó por lo bajo. Se había estado haciendo esa misma pregunta durante semanas. ¿Por qué un ladrón atraería la atención dejando pistas y usando colores tan intensos? ¿Robar era apenas un juego para Carmen Sandiego? *¡Atrápenme si pueden!*

Alejó sus pensamientos con un movimiento de la mano y dijo con firmeza:

—Eso no importa. ¡Ella está en mi ciudad ahora, señorita Argent, y yo seré el que la capture!

Julia se sobresaltó de pronto por la visión de una figura roja al otro lado de la calle, a la altura del auto. Se le detuvo la respiración. *¿Podía ser?*

Chase Devineaux continuó hablando, sin ver la silueta que estaba justo frente a él.

—¡Usted es nueva en la fuerza, así que póngase cómoda, observe cómo trabajo y aprenda cómo se atrapa a un ladrón!

Julia se enderezó de golpe señalando a la mujer.

—¡Señor! ¡Ahí está!

Molesto por la interrupción y sin ningún apuro, él siguió la dirección del dedo de Julia mientras suspiraba frustrado. *Ahora los agentes nuevos son tan ansiosos,* pensó.

Y entonces vio el fedora rojo enfrente. Se le abrieron los ojos de par en par. ¡Era la mujer de rojo!

—¡*La mujer de rojo!* —gritó. Carmen Sandiego disparó un arpeo hacia arriba y se elevó con elegancia hacia los techos. ¡Había estado justo frente a él y estaba escapando!

Carmen Sandiego se detuvo sobre un techo de tejas anaranjadas para mirar hacia el horizonte de Poitiers y contemplar la increíble vista. A la distancia, podía ver las torres de la catedral de Saint-Pierre iluminadas por tenues rayos de sol. El largo cabello castaño le caía en ondas por debajo del fedora rojo. Inclinó el sombrero hacia arriba para despejarse los ojos y suspiró profundamente ante el espectáculo.

Nunca se cansaba de los magníficos panoramas que descubría en cada uno de los interesantes lugares del mundo que visitaba. Incluso en ese momento, cuando sabía que el tiempo era esencial, no podía evitar detenerse un momento para apreciar la belleza de Francia.

—Es mejor que dejes el turismo para después del trabajo —le dijo la voz de un adolescente en el oído.

Carmen se tocó el aro, que servía también como aparato de comunicación, y sonrió con ironía.

—Me alegra que puedas acompañarme, Jugador.

—No me perdería una noche por el mundo contigo, Roja —le respondió él.

El Jugador era su confidente y, se podría decir, su mejor amigo, aunque nunca se habían conocido cara a cara. Además, tenía habilidades de piratería informática tan excepcionales que superaban ampliamente sus años. Carmen se dio cuenta de que había llegado a depender del genio de la computación cuando estaba en el campo.

—La parada siguiente de tu visita turística a Poitiers está a... cincuenta yardas delante de ti —indicó el Jugador.

Ella salió disparada como flecha por los techos y sus botas golpeaban como castañuelas contra las tejas. Los escarpados tejados no representaban ninguna dificultad para ella mientras saltaba de un edificio a otro.

Muy pronto llegó a su destino. Era el lujoso ático de una mansión vinícola francesa. Las vides colgaban a lo largo de los costados del edificio y alcanzaban una terraza donde Carmen divisó grandes puertas de vidrio. *Pero no voy a entrar por la puerta,* pensó con una leve sonrisa.

Con un movimiento suave, dio el último salto hasta el techo del ático y escudriñó el área hasta que encontró lo que estaba buscando: un tragaluz. Vio que al costado tenía conectada una caja de alarma, así que se arrodilló y la examinó. Si trataba de abrir el tragaluz sin desactivar primero la alarma, toda la policía de Francia estaría tras ella en un instante.

Sin vacilar, sacó un lápiz labial del bolsillo de su impermeable y giró la parte inferior. Pero no le interesaba maquillarse en el trabajo. Estaba mucho más interesada en el puerto de alta tecnología que se extendió del tubo de lápiz labial. Lo deslizó dentro del lateral de la caja de la alarma con un *clic*.

—Cosmético *y* eléctrico —dijo con una sonrisa—. ¿Puedes abrirme esto, Jugador?

—Sincronizando frecuencias…, descifrando códigos de seguridad… —murmuró él.

Carmen podía oír que el Jugador tecleaba con rapidez

desde el lugar donde vivía, en Ontario, Canadá. Aunque ella nunca había visto su terminal de piratería informática, no dudaba de que tuviera cantidad de monitores y computadoras de última generación—. ¡Ya está! Sistema de alarma desactivado.

La luz de la caja de seguridad pasó de roja a verde, y Carmen deslizó y abrió la ventana del tragaluz. *Demasiado fácil*, pensó. Siempre era más divertido cuando podía poner a prueba sus habilidades.

—Puede ser una trampa —le advirtió el Jugador.

—Averigüémoslo.

Carmen sacó un rezón de debajo de su gabardina. El interior de su elegante impermeable rojo estaba lleno de herramientas de toda forma y tamaño, siempre al alcance de la mano.

Afirmó el rezón en el borde del tragaluz y comenzó a descender dentro de la mansión.

Enseguida se encontró en lo que sería un paraíso para cualquier atracador. Estaba rodeada de armaduras ornamentadas, tapices de incalculable valor y finos jarrones de porcelana en las repisas. Llegó hasta el suelo y al pisarlo…

¡Clic!

De pronto se abrió un panel en la pared y salieron disparadas innumerables saetas. Las agudas flechas de metal, rápidas y mortales, se dirigían directamente a ella. ¡No había tiempo que perder! Carmen arrebató un escudo de una armadura cercana y lo alzó para protegerse. Las flechas se enterraron en él con ruido sordo.

Carmen hizo un gesto de disgusto al ver el escudo medieval acribillado por las flechas. Con una chispa de culpa por haber dañado una antigüedad tan valiosa, lo dejó a un lado y siguió su camino por la mansión.

Cualquiera habría estado alterado después de sufrir un ataque con flechas, pero para Carmen Sandiego era solo un día más.

Recorrió con la vista la amplia sala y detuvo la mirada en una biblioteca que ocupaba toda la pared, de arriba abajo.

—¿No es aquí donde debería estar la bóveda? —preguntó mientras pasaba la mano por los estantes.

—Según los planos, sí —coincidió el Jugador.

Carmen golpeó el estante con la mano y le devolvió un sonido hueco. Examinó rápidamente la pared, con la certeza de que en algún lado debía de estar la puerta. Levantó el brazo y tiró hacia abajo un candelabro de bronce que estaba en la pared. *¡Bingo!* Sonrió cuando la biblioteca se abrió por completo y apareció una enorme puerta de metal.

La puerta de la bóveda tenía una cerradura de seguridad con teclado electrónico, así que Carmen sacó otro dispositivo de dentro de su impermeable. Era el teclado suyo, pequeño pero elegante. Al presionar un botón, los números comenzaron a encenderse en la pantalla, uno tras otro, mientras el aparato buscaba la combinación que abriría la bóveda. Un momento después, quedó detenida en la pantalla una secuencia de números. *Ábrete sésamo,* pensó Carmen mientras la puerta se abría de par en par, y entró.

La bóveda era una especie de cueva enorme. Las paredes estaban repletas de joyas y antigüedades relucientes. Debían de valer una fortuna. Sin embargo, el premio mayor descansaba en medio de la estancia, sobre un pedestal de vidrio. Carmen se acercó a él, con entusiasmo creciente.

Justo delante de sus ojos había una famosa piedra preciosa azul del tamaño de una pelota de fútbol americano, conocida por los coleccionistas y los arqueólogos como el ojo de Visnú. Era un espectáculo digno de ver, que Carmen ya había disfrutado en otra ocasión, mucho tiempo atrás.

Pero ese no era momento para rememorar el pasado. Se acercó rápidamente al ojo de Visnú estirando el brazo para tomarlo del pedestal. En ese preciso instante, le llamó la atención algo en un rincón de la estancia.

—¡No puede ser! —murmuró.

—¿Roja? ¿Qué sucede?

Carmen tragó saliva, tratando de asimilar lo que estaba viendo.

—Estoy admirando algo…, y creí que nunca jamás volvería a posar la vista en esto —le contestó al Jugador, con la voz ronca de emoción.

—¿Algo más valioso que el *ojo de Visnú*? ¿La piedra preciosa grande como mi cabeza? —le preguntó él, sin comprender qué podría haberla distraído de su misión.

Antes de que ella pudiera responderle, se oyeron fuertes golpes a la puerta del ático.

—¡Interpol! ¡Abra la puerta!

Carmen se dio vuelta. Se le dibujó una sonrisa en los labios. Era *ese*, exactamente, el tipo de desafío que le gustaba.

El inspector Chase Devineaux sabía que su oportunidad para atrapar a Carmen Sandiego duraría muy poco.

—¡Abra! ¡Interpol! —gritó otra vez y, azotando la puerta con todo el cuerpo, consiguió abrirla.

Entró corriendo en la bóveda, justo a tiempo para ver a Carmen Sandiego, de rojo, balanceando una bandolera negra sobre el hombro, con un objeto redondo dentro. Las mejillas de Chase se encendieron de ira.

—¡Deténgase! ¡Ladrona!

Se abalanzó contra ella, pero Carmen había arrancado un tapiz medieval de la pared y lo estaba agitando como un torero español cuando se enfrenta a un toro. Se lo arrojó con habilidad para cubrirlo, y Chase quedó de pronto en completa oscuridad, tratando de quitárselo de encima. Al final, consiguió deshacerse del tapiz, entre balbuceos.

—Inspector Chase Devineaux, ¿eh? —preguntó Carmen Sandiego con una sonrisa irónica.

Él la miró atónito. *¿Cómo sabe mi nombre?*, se preguntó. Se metió la mano en los bolsillos y resopló al encontrarlos vacíos.

Carmen Sandiego le había quitado la placa y se la lanzó. Él se quedó boquiabierto. *¿Cómo hizo para conseguirla?*

—*Chase*..., a ver si es usted digno de su nombre, que significa *perseguir* —le dijo. Antes de que el inspector pudiera dar una respuesta, Carmen disparó el rezón hacia lo alto y desapareció a través del tragaluz.

Chase dio una mirada a su alrededor. Pasando un grupo de ventanas grandes, pudo ver una escalera de emergencia; ¡tenía que conducir al techo! Abrió la ventana de un empujón, subió a las apuradas por la escalera de emergencia y saltó al techo. Sentía cada segundo que pasaba mientras veía a Carmen Sandiego cruzando los tejados franceses hábil y velozmente.

—¡Le ordené que se detuviera! —le gritó Chase luchando por seguirle el paso.

Para su sorpresa, Carmen se detuvo. Se dio vuelta.

—Pero no dijo por cuánto tiempo —se burló ella y, en un instante, salió a las disparadas otra vez.

Siguieron corriendo por los tejados hasta que Chase vio que Carmen iba derecho al borde de un edificio alto, y ya no le quedaba por dónde correr ni adónde saltar. *La tengo atrapada,* pensó triunfante y empezó a imaginar la fama que le esperaba por ser el inspector que había capturado por fin a la atracadora más escurridiza del mundo.

Carmen llegó al borde del techo y miró a Chase Devineaux. Él sonrió. Por fin era el momento. La tenía exactamente donde quería tenerla, y ella no tenía adónde ir. Pero, para su asombro, Carmen sencillamente lo saludó con la mano.

—*Au revoir,* le dijo, y saltó del techo.

Chase miraba incrédulo mientras un ala delta roja se desplegaba de la mochila que ella tenía en la espalda. Se elevó y sobrevoló las calles de Poitiers con gracia y facilidad.

—¡No es posible! —exclamó él.

Mientras veía cómo se escapaba, se dio cuenta, tarde, de que estaba parado demasiado cerca del borde del techo. De pronto, empezó a resbalársele un pie. Perdió el equilibrio y se precipitó a la calle.

¡CRASH!

Cayó justo frente a su propio auto, que todavía estaba estacionado abajo. Con un gruñido, vio a través del resquebrajado parabrisas a una Julia Argent conmocionada, que lo contemplaba desde el asiento del pasajero.

—¡Inspector! ¿Está bien?

—¡No es nada! —Levantó la vista hacia donde Carmen Sandiego iba volando: un brillante destello rojo contra el cielo del crepúsculo.

—¡Tengo que seguirla! ¡Ahora mismo!

Abrió de golpe la puerta del auto, sin prestar atención al parabrisas resquebrajado. Julia se inclinó hacia adelante enfocando a la mujer que volaba por el cielo.

—Tiene que aterrizar en algún momento... —pensó en voz alta.

Chase lo comprendió de golpe:

—¡Va a la estación de tren! Señorita Argent, vaya a la escena del crimen y averigüe qué se robó. ¡Yo la atraparé antes de que escape!

Julia se bajó del auto y Chase apretó el acelerador.

El auto chirriaba por las angostas calles de Poitiers. Mientras se acercaba a la estación de tren, Chase divisó a Carmen Sandiego planeando hasta aterrizar elegantemente y desaparecer detrás del edificio de la estación. Muy a su pesar, no pudo evitar admirar, apenas por un instante, la gracia con que actuaba esa misteriosa mujer.

Con el pie todavía firme en el acelerador, Chase aumentó la velocidad por el costado de la estación y llegó justo a tiempo para ver alejarse el tren. Giró y, con un movimiento del volante, el auto se ubicó a los sacudones junto a las vías.

—¡No voy a permitir que se fugue!

Carmen caminó por el vagón hasta que encontró su compartimento, entró y cerró la puerta.

Con increíble rapidez, se cambió la gabardina roja y el fedora por un *jean* y una sudadera roja con capucha. Era una destreza que había aprendido hacía mucho tiempo en una inusual clase de una incluso más inusual escuela, y que resultaba útil en momentos como ese. *Los escapes tienen más éxito si uno se mezcla con la multitud,* pensó. Los asientos aterciopelados del vagón y el paisaje francés que se veía por la ventanilla eran agradables.

—¿Primera clase? ¡Qué bien! —Con una sonrisa, se sentó.

—Te lo has ganado —respondió el Jugador. Ella no se lo podía discutir. Ciertamente, el trabajo había sido un éxito.

Tomó la bandolera negra. Se sentía el peso del objeto robado.

Desde el otro lado del mundo, el Jugador estaba empezando a preguntarse si Carmen había robado el ojo de Visnú o si lo que llevaba en la bandolera era, en realidad, lo que había captado su atención en la mansión vinícola. No dijo nada, sabiendo que pronto descubriría la respuesta. Carmen Sandiego siempre tenía sus razones para hacer las cosas que hacía.

Se abrió la puerta del compartimento y, antes de que Carmen pudiera decirle al intruso que se había equivocado de vagón, se encontró cara a cara con alguien que no había visto desde hacía mucho.

—Hola, Gray —le dijo al joven que se aproximaba.

Era extremadamente alto y delgado, aunque atractivo, con cabello castaño desordenado y hombros anchos. Hablaba con marcado acento australiano.

—Bueno, bueno… —dijo Gray mientras cerraba la puerta del compartimento—. ¿No es como un fantasma del pasado esto?

—¿Un fantasma del pasado? ¿Es alguien…? —Antes de que el Jugador pudiera terminar su pregunta, Gray sacó una varilla metálica que parecía ser, sin dudas, de tecnología de punta y presionó un botón del costado. Una descarga eléctrica atravesó el compartimento. Carmen arqueó una ceja mientras miraba a Gray.

—Eso fue un PEM direccional —dijo Gray—. Inutilicé todos tus dispositivos electrónicos. Tu teléfono y cualquier otro aparato de comunicación que tengas están ahora fuera de servicio, así que olvídate de llamar a un amigo para pedirle ayuda.

Carmen esperaba que el Jugador no estuviera preocupado.

—Sé lo que hace un *pulso electromagnético,* Gray. Yo también asistí a la clase de Bellum, ¿recuerdas?

Carmen se acomodó en el asiento del tren. Hizo un gesto despreocupado en dirección a la bandolera negra que estaba a su lado mientras decía:

—No pensaste que robaría esto sin verificar primero si tenía un dispositivo de rastreo, ¿verdad? —Gray le fijó la mirada sin poder ocultar su sorpresa. Carmen reprimió la risa—. Perfecto. Yo *quería* que me encontraras. Consideraba que era tiempo de que atáramos algunos cabos sueltos.

Gray, enojado, se sentó frente a ella.

—Eras *tú* el único cabo suelto... hasta hace cinco segundos, cuando capturé a la gran Carmen Sandiego. —Se inclinó hacia adelante—. ¿O debo llamarte... Oveja Negra?

Oveja Negra. Ese era un nombre que ella no oía hacía mucho.

—¿Recuerdas cuándo nos conocimos? —le preguntó Carmen.

—Sería difícil olvidarse —respondió él—. Fue el día en que empezamos a estudiar en la Academia VILE. Ya no estamos en la isla. Ya no tenemos que obedecer las reglas de VILE, así que ya no es necesario que mantengamos en secreto nuestro pasado. —Se inclinó de nuevo—. Cuéntame tu historia.

—Supongo que no hay inconveniente en hablar de eso ahora —dijo Carmen después de un momento—. ¿Por qué no? Tenemos un largo viaje en tren por delante.

Ella nunca antes había contado su historia. Quizás era hora de reconciliarse con su pasado…, con lo que sabía de él.

CAPÍTULO DOS

ME DIJERON QUE ME ENCONTRARON CUANDO era bebé a la orilla de un camino en las afueras de Buenos Aires, Argentina. Nunca supe quién era yo ni por qué me habían dejado allí. La única pista que tenía sobre mi pasado era un conjunto de muñecas rusas con las que me habían encontrado. ¿Viste?, esas muñecas de madera pintadas que se van encajando una dentro de otra más grande. Aun con la pintura roja descolorida y marcas de quemaduras a los costados, eran mi más preciado tesoro.

A pesar de no saber quiénes eran mis padres o por qué me abandonaron, cuando era pequeña nunca me sentí triste por ser huérfana. Puede parecer extraño, pero en aquel tiempo nunca estuve apenada ni celosa por no tener la misma clase de crianza que los otros niños. Yo misma encontraba la manera de divertirme, y siempre había mucho para inventar… porque crecí en un verdadero *paraíso*.

No me crié en un orfanato con otros chicos, ni en algún

lugar parecido. En cambio, crecí en el predio de una escuela muy poco común que estaba en una alejada isla tropical en medio del océano. Quien me había encontrado de bebé me llevó a ese lugar, llamado isla Vile por la organización que albergaba. La isla era hermosa. Dondequiera que uno mirara, había playas de arena blanca y palmeras. El océano era de un azul brillante que relucía bajo el sol. No podría haber pedido un lugar mejor para llamarlo hogar. Parecía que era una princesa con mi propia isla privada…, aunque no tenía idea de en qué lugar del mundo quedaba la isla.

La persona que me había encontrado de bebé en la Argentina debía de trabajar para VILE. En lugar de dejarme en un orfanato de allá, me llevó con ella cuando regresó a la isla, donde me criaron los miembros del claustro. Dicen que hace falta una aldea para criar a un niño, pero, según mi experiencia, un grupo de cinco maestros en una isla misteriosa también pueden hacerlo.

La gran fortaleza gris donde funcionaba la Academia VILE tenía un diseño elegante y moderno. Tenía ángulos afilados y aristas pronunciadas que se combinaban de formas que algunos podrían haber considerado amenazantes. Si yo hubiera conocido mejor el mundo, habría pensado que no presagiaba nada bueno.

Vivía en las instalaciones de la academia, en un cuarto pequeño en la parte delantera de la residencia de estudiantes, algo separado de ellos. Por supuesto, eso no me impedía colarme en los edificios principales y los salones de clases. Solía deambular por los pasillos, correteando y haciendo travesuras siempre que podía.

Era demasiado pequeña para asistir a la academia con los demás estudiantes. Pataleaba y rogaba que me dejaran ir a las clases, pero la respuesta era siempre la misma. Los maestros me decían que el tipo de lecciones que enseñaban eran cosas que no podría aprender hasta que fuera un poco mayor.

Hasta entonces, me educaron niñeras. Nunca tenía la misma niñera por mucho tiempo… Se podría decir que entraban y salían como por una puerta giratoria. Llegaban y se iban, pero nunca daban una razón para su partida repentina. Cuando les preguntaba a los miembros del claustro por qué se iba una niñera, me decían que era porque tenía que hacer un trabajo para VILE en otro lugar. Y siempre estaba listo el reemplazo. Pero a mí no me importaba porque las niñeras provenían de lugares del mundo muy distintos, y cada una me enseñaba cosas sobre su país.

Durante esos primeros años, aprendí particularidades de casi todos los países del mundo, desde los fiordos de Noruega hasta los festivales de los cerezos en flor en Japón. Conocí muchos idiomas diferentes, como el mandarín y el swahili. Esas cuidadoras me inculcaron amor por otras culturas, y supe en aquella época que quería viajar por el mundo y conocerlas todas. ¡El mundo exterior a la isla parecía un lugar asombroso que estaba esperándome para que lo explorara!

Una de esas niñeras me dio un regalo. Era un mapa del mundo. Me ayudó a colgarlo sobre mi cama. De noche, acostumbraba a acostarme y recorrer los continentes con el dedo, soñando despierta con el día en que pudiera verlos todos y cada uno. Cuando se lo conté a mi niñera, se rio y me preguntó:

—¿Hasta la Antártida?

—¡Sí! —le respondí contenta.

Claro que no podía volar a otros países siendo una niñita, así que me conformé con explorar la isla y hacer travesuras en la escuela tipo fortaleza.

No tardé mucho en descubrir que era la única niña en toda la isla. Y mientras investigaba los alrededores, me escabullía por los pasillos y escuchaba conversaciones a escondidas, me enteré de que la gran academia gris que se elevaba entre las palmeras y las aguas cristalinas no era, exactamente, una escuela común: era la escuela VILE *para ladrones.*

VILE ERA EL NOMBRE DE UNA ORGANIZACIÓN FANTASMA delictiva que funcionaba secretamente en todo el mundo. Su red de atracadores trabajaba en todas partes y llevaba a cabo con éxito todo tipo de robos. No había delito que les quedara grande: desde el hurto de objetos de arte hasta el de transbordadores espaciales, nada era inverosímil para VILE. Los graduados de la academia se convertían en agentes de VILE y trabajaban juntos para hurtar millones de dólares para la organización. Y a veces parecía que VILE robaba solo por diversión.

De la Academia VILE salieron los delincuentes más hábiles, famosos y difíciles de atrapar del mundo. Cuando entraban en actividad, el secreto era siempre lo más importante. Nadie del mundo exterior, ni siquiera las autoridades, conocía la existencia de VILE. Y ahí estaba yo, creciendo justo ahí dentro.

Era una escuela como ninguna otra... y también era todo lo que yo conocía. Y quería formar parte de ello.

Para pasar el tiempo hasta que fuera lo bastante mayor para matricularme en la Academia VILE, decidí crear mi propia diversión. Traviesa podría haber sido mi segundo nombre.

Todos los años, el primero de diciembre, llegaba un barco a la isla. Era la única vez en el año que visitaba la isla alguien del mundo exterior, aparte de los estudiantes nuevos.

Además del capitán del barco, había una sola pasajera abordo: Cookie Booker, una mujer distinguida de mediana edad. Era la contadora de VILE y, una vez por año, llevaba un disco rígido para cargar su contenido en los servidores informáticos de la academia. Se rumoreaba que Cookie detestaba el agua.

Un primero de diciembre, decidí hacer que esa visita de Cookie Booker fuera difícil de olvidar. Trepé a las rocas desde donde se veía el muelle sosteniendo con cuidado entre los brazos globos de agua. Divisé a Cookie Booker abajo. Tenía un vestido de color vivo y un sombrero de ala ancha para protegerse del sol, inclinado elegantemente en la cabeza. El capitán estaba ocupado amarrando el barco al muelle. Esa era mi oportunidad.

Llevé el brazo hacia atrás y le arrojé el primer globo. Hizo una curva perfecta en el aire y explotó justo a la izquierda de los pies de Cookie Booker. El agua la salpicó, y se le mojó la cartera turquesa. Le lancé el segundo globo, y ese no erró el blanco. Cookie Booker dio alarido histérico de ira.

Yo reprimí la risa porque me di cuenta de que el capitán me estaba observando. *Tiempo de huir,* pensé, y salí disparada.

Irrumpí en el complejo de la academia, rodeando una esquina lo más rápido que me permitieron los pies.

Aunque me palpitaba el corazón, estaba pasando el

mejor momento de mi vida. Vivía para emociones como esa. El capitán tuvo que perseguirme a toda carrera por la academia. Podía oír su respiración agitada, yo solo tenía que correr un poco más para perderlo definitivamente. Entonces di vuelta en una esquina y se me resbalaron los pies y patiné por el piso húmedo, que acababan de limpiar. Fui a dar derecho a un lugar sin salida. Me reí nerviosa mientras el capitán se acercaba.

—¡Qué tiempo más raro! —dije—. ¿Quién pensaría que hoy iba a llover?

—¡La única lluvia que hubo aquí fue la de globos de agua, y tú lo sabes!

La entrenadora Brunt apareció al final del pasillo y le clavó una mirada fulminante al capitán.

—¿Hay algún problema? —le preguntó. No me hubiera gustado ser jamás la destinataria de esa mirada. La entrenadora Brunt pertenecía al claustro, formado por cinco miembros, que dirigía la Academia VILE. Era una texana corpulenta que mostraba su fuerza bruta en todo lo que hacía. Una vez, la vi agujerear una pared de ladrillos de un puñetazo cuando estaba enojada.

Pero, por alguna razón, a mí me había tomado cariño y me cuidaba como imaginaba que haría una madre. Yo suponía que la entrenadora Brunt era quien me había encontrado de bebé en la Argentina, pero cada vez que se lo preguntaba, ella cambiaba de tema rápidamente.

Siempre me estaba sacando de apuros y solía decir que era mi "mamá osa". Y esa vez no fue la excepción.

Mientras ella miraba fijo al capitán, yo parpadeé durante un instante apenas y, cuando volví a abrir los ojos, el capitán estaba cayendo hacia atrás con una mirada aturdida. Brunt estaba bajando el puño.

Al caer, voló de su bolsillo un pequeño objeto de metal y se deslizó por el piso hacia mis pies. Instintivamente, me agaché y lo tomé antes de que nadie lo viera. El corazón me saltaba en el pecho cuando advertí que me había apoderado de *¡un teléfono celular!*

Y descubrí que hurtar cosas era, en verdad, divertido, y que salir impune era aún más emocionante. Poco a poco, empecé a adquirir toda clase de habilidades para robar. Soñaba con el día en que pudiera ser estudiante de VILE y poner a prueba esas habilidades. ¡Sería la mejor ladrona que VILE hubiera visto jamás! Y por fin podría admirar otras partes del mundo y no solo mi diminuta isla.

Una tarde lluviosa, estaba en mi habitación observando el mapamundi que estaba colgado en la pared. Cuando mi niñera me lo había dado, me había dicho que podía marcar los lugares en los que había estado con una chincheta. Pero el mapa seguía tan vacío como siempre. ¡Ni siquiera podía poner una chincheta en la isla porque no tenía idea de dónde estaba!

De pronto, una de mis muñecas rusas que estaban en el alféizar comenzó a temblar y sacudirse. *¿Un terremoto?*, me pregunté, y me incorporé. No, no se estaba moviendo ninguna otra cosa. ¡Entonces recordé que había escondido el celular del capitán dentro de esa muñeca!

Cautelosamente, saqué el teléfono de su escondite. En la pantalla había una imagen de un *sombrero blanco* que brillaba mientras el aparato vibraba. Y luego apareció un mensaje de texto. Lo leí en voz alta: "Mejor refuerza la seguridad. Entré". ¿Qué rayos significaba eso?

¿Dónde entraste? ¿Aquí? Escribí como respuesta.

El teléfono empezó a sonar. Me sorprendí tanto por el ruido que di un salto. Me quedé mirando el celular por un momento, sin saber qué hacer.

Respiré profundo y tomé la llamada.

—¿Hola?

—Hola —dijo la voz del otro lado. Sonaba como un chico joven, mucho más joven que yo. ¿Pero quién era?

—¿Quién habla? —preguntó, ganándome de mano.

—Oveja Negra —contesté como si nada. La entrenadora Brunt me había dicho que convertirse en agente de VILE implicaba abandonar la propia identidad. Después, no les serviría de nada a las autoridades rastrear el nombre hasta VILE si a uno lo atraparan. Eso significaba que cada uno de los estudiantes con el tiempo adquiriría un nombre en clave.

Era un rito de iniciación para los nuevos reclutas y, si se convertían en agentes, de ahí en adelante serían conocidos por su nombre en clave. Como yo era huérfana y no tenía otro nombre, me dieron mi nombre en clave muy temprano: *Oveja Negra.*

—¿Es tu nombre *real?* —me preguntó.

Yo estaba confundida. *¿Mi nombre real?* Oveja Negra era el único nombre que había tenido siempre.

—Me llamo Oveja Negra —repetí. Para mi sorpresa, oí que la voz se reía.

—Bueno, los nombres de usuario sirven. Puedes llamarme Jugador. Soy un *hacker* de sombrero blanco. —Parecía orgulloso de eso, aunque yo no sabía qué significaba.

—¿Qué es un *hacker* de sombrero blanco? —pregunté.

—Que soy un *hacker* de sombrero blanco significa que tengo impresionantes destrezas de piratería informática, pero que las uso sin malicia, para el bien —explicó—. Acabo de hackear veintisiete capas de encriptación para comunicarme contigo. ¿Con quién debo hablar sobre el punto débil de tu sistema de seguridad?

—¿Me estás haciendo una broma? ¿Desde dónde me

estás llamando? —No podía creer que un niño pudiera hackear la seguridad de VILE.

—Desde mi habitación, en la ciudad de Niagara Falls.

Me quedé sin aliento. Nunca en la vida había hablado con alguien de fuera de la isla. Estaba eufórica.

—¿De qué lado de las cataratas? ¿Del estadounidense o del canadiense?

—Del canadiense.

—¿Estás en Ontario? ¡Es increíble! ¿Cómo es Ontario?

—Realmente sabes de geografía —dijo el Jugador, sorprendido por mi interés—. Es un buen lugar, creo. Tengo computadoras, internet y... ¡espera un segundo! ¿En qué lugar del mundo estás *tú*?

No estaba segura de cómo responder esa pregunta porque, en realidad, no lo sabía.

—En la escuela —contesté encogiéndome de hombros.

—¿Qué clase de escuela necesita veintisiete capas de encriptación? —preguntó el Jugador con suspicacia.

Pensé cómo responderle. ¿Qué podía decir?

—Mi mamá me está llamando para que saque la basura, ¡tengo que irme! —dijo él, lo que me dio una escapatoria fácil. Después agregó—: ¿Oveja Negra, quieres conversar de nuevo alguna vez? *Tengo* que llegar al fondo de este misterio de las veintisiete capas.

Y así comenzó mi primera amistad real. Yo quería conocer todo acerca de la vida en el continente. O, mejor dicho, en *un* continente, ya que no sabía dónde quedaba mi isla. ¿Estaría cerca de Canadá? No, era demasiado tropical para estar tan al norte.

Después de esa primera llamada, todos los días me escabullía hasta un escondite y hablaba con el Jugador. Si alguien se enteraba de mis conversaciones con él, me sacarían el teléfono y ni siquiera la entrenadora Brunt podría protegerme. Después de todo, el secreto era lo más importante en VILE. Pero a mí no me importaba correr riesgos. ¡Me había contactado con el mundo exterior!

Charlando comprendí que el Jugador sentía tanta curiosidad por mí como yo por él. Aunque me hacía cantidad de preguntas, nunca sabía cómo responderle. ¿De qué manera podía, aunque más no fuera, empezar a explicarle cómo era mi vida en la isla? ¿Me creería si lo intentaba? Decidí que sería mejor mantener en secreto los detalles de mi vida y la verdad acerca de la isla Vile.

En cambio, hice que él me hablara de Canadá.

—¿Miras hockey? ¿Nieva todo el tiempo? ¿Has visto la aurora boreal? —Las preguntas se sucedían sin respirar una tarde en que hablamos.

—¡Más despacio, Oveja Negra! Mmm..., no, sí y sí.

—Yo nunca he visto nevar— dije con un suspiro. Lo

máximo que podía esperar en la isla era un poco de lluvia o una tormenta de vez en cuando.

—¡Qué suerte! Uno se cansa después de un tiempo. ¡Y es *helada*!

El Jugador satisfacía mis preguntas y parecía sentir que yo tenía mis razones para no hablarle de mi propia vida. Me contó cosas sobre las cataratas del Niágara, sobre la gente de allí y sobre una comida canadiense llamada *poutine* (¡papas fritas, salsa de carne y queso!) que, según él, *tenía* que probar algún día. Pasó la mayoría del tiempo hablándome sobre los últimos juegos de computadora a los que había jugado y sus últimas victorias de piratería.

—Cuéntame más acerca de los *hackers* de sombrero blanco —le dije un día.

—Empecé a hackear porque estaba aburrido —me explicó—. Después me enteré de los *hackers* de sombrero blanco, que penetran en los sistemas informáticos, pero en lugar de hacer daño cuando logran entrar, hacen cosas buenas, como la que voy a hacer cuando le comente a alguien sobre las debilidades del sistema de seguridad de tu escuela.

—Yo, eh…, me aseguraré de informarles.

—Tenemos un código, ¿sabes? Prometí que siempre usaría mis habilidades para algo bueno.

—¿Pero qué tiene de divertido eso? —le pregunté, confundida.

—No lo sé. —Hizo una pausa, perdido en sus pensamientos—. Supongo que lo divertido es el desafío y probarse algo a uno mismo. Aunque el hackeo sea sin malicia, sigue siendo realmente un desafío…, ¡pero un desafío *bueno*!

UN DÍA, OBSERVÉ QUE LA ÚLTIMA PROMOCIÓN DE ESTUDIantes se dirigía al auditorio para la graduación. Todos habían aprobado las materias y habían obtenido su nombre en clave. Los dividirían en grupos y los enviarían a sus primeras misiones delictivas para VILE. Anhelaba estar en esos lugares lejanos a los que ellos irían y ver los interesantes artefactos que robarían. Tal vez tuvieran que correr entre antiguas tumbas olvidadas llenas de trampas cazabobos, como en los libros de cuentos que leía de niña.

Sentí un arrebato de envidia cuando los vi irse y deseé desesperadamente estar en sus zapatos.

Cuando aquel día hablé con el Jugador, él pudo ver que algo no estaba bien.

—Un momento, ¿entonces *vives* en esta escuela, pero no eres estudiante? —me preguntó cuando le conté cuánto deseaba ser parte de los graduados.

—No todavía. Soy demasiado joven. Todos los que participan del programa deben tener al menos dieciocho años.

—Esa parece una regla tonta.

Me sonreí por su intento de levantarme el ánimo.

—Sip, bastante tonta —asentí.

—Quiero decir, podrás ser joven, ¡pero cualquier universidad tendría suerte por contar con alguien tan inteligente como tú!

La Academia VILE no era nada parecido a un colegio universitario o una universidad, pero no lo corregí. En definitiva, no podía contarle la verdad. Aun así, lo que me dijo me dio una idea.

—Quizás…, quizás puedan hacer una excepción.

—¿En qué estás pensando? —preguntó.

—Pienso que es hora de demostrar lo que valgo. Voy a hablar con el claustro.

Después de mi conversación con el Jugador, decidí hacer algo que nunca me había animado a hacer. Busqué a la entrenadora Brunt y le expliqué que quería hablar con el claustro.

Pedí una *reunión familiar*.

Además de la entrenadora Brunt, cada uno de los demás miembros del claustro que dirigía VILE tenía su especialidad.

Primero, estaba la doctora Saira Bellum. Ella era una

científica de la India que tenía predilección por inventar dispositivos complejos. Era algo excéntrica y siempre estaba trabajando en cien cosas a la vez, lo que, por lo general, no daba buenos resultados porque nada atrapaba su atención durante mucho tiempo. Pero, a pesar de sus rarezas, era un genio. Tenía la habilidad de crear cualquier artefacto, desde aparatos para control mental hasta robots.

Luego, estaba la condesa Cleo, que provenía de Egipto. Ella era experta en los delitos más sofisticados, como falsificación de obras de arte y hurto de joyas. Si uno necesitaba lecciones de cómo mezclarse en la alta sociedad, ella era la indicada para darlas. No era justamente admiradora de mi naturaleza revoltosa ni de mis travesuras, y yo siempre tenía la impresión de que estaba empeñada en sosegarme.

A continuación, estaba Gunnar Maelstrom. Provenía de Escandinavia y era un hombre impetuoso que siempre estaba detrás de las extrañas y más impredecibles tramas delictivas. A menudo llevaba a cabo las aventuras más locas no por las ganancias, sino porque le gustaba el desafío. Siempre les estaba haciendo trucos mentales a sus estudiantes y, aunque él fuera divertido, se sentía que tenía algo oscuro bajo la superficie.

Y por último, estaba Shadowsan..., que no tenía ni una pizca de paciencia para mis bromas. Él era japonés, un ninja de cara impávida, maestro del sigilo. Se rumoreaba que podía acercarse cautelosamente a alguien en un descampado a la luz del día y aun así sorprenderlo. Dejó claro que pensaba que yo no pertenecía a ese sitio, que la isla no era un buen lugar para una niña. Era natural que yo lo evitara cuanto podía.

Con el corazón acelerado, recorrí el largo pasillo hacia la sala de profesores. La sala de profesores de VILE era el lugar más aterrador de la academia. Era allí donde se reunían los miembros del claustro para planear sus operaciones delictivas.

Empujé la puerta y entré en el gran salón. El sonido de mis pasos retumbaba mientras me dirigía hacia una larga mesa, detrás de la cual estaban sentados los cinco miembros, con mirada intimidante. Sentía que el corazón se me salía del pecho, pero me obligué a mirar a cada uno a los ojos.

La condesa Cleo, como siempre, parecía aburrida. A su lado, el profesor Maelstrom me miraba de arriba abajo, con esa expresión suya difícil de descifrar.

—Oveja Negra, ¿por qué nos ha pedido audiencia? —preguntó.

Yo estaba aterrorizada, pero me esforcé cuanto pude para no demostrarlo. Si quería lograr que estuvieran de mi lado, debía mostrarme lo más firme posible.

—Estoy lista para matricularme —dije, tratando de sonar segura de mí misma—. Sé que, técnicamente, no tengo edad suficiente, profesor Maelstrom, pero creo que tengo lo necesario para ser una gran atracadora... ¡La mejor del mundo! —Tragué saliva cuando recordé mi lugar y agregué: —Según mi opinión, señor.

La doctora Bellum pensó con detenimiento en mi pedido, con ojos inquietos, que pasaban de fijarse en mí a fijarse en los miembros del claustro con rapidez.

—Oveja Negra puede ser joven, pero, a su edad, tiene más entrenamiento que cualquier otro recluta. Aunque más no sea por haber estado en la academia durante tanto tiempo.

Brunt le dio una palmada en el hombro a Bellum, en señal de asentimiento.

—La doctora Bellum tiene razón. La pequeña Oveja Negra está lista para correr con los perros grandes.

La condesa Cleo se reclinó en el asiento, poco convencida.

—No estoy deseando, exactamente, lidiar en la clase con los malos modales de Oveja Negra —dijo. Yo hice una mueca de disgusto. Debería haber sabido que la elegante condesa Cleo sacaría el tema de mi conducta revoltosa.

—Precisamente, porque ya debería haber tenido entrenamiento adecuado y supervisado —argumentó Maelstrom—. ¿Y tú qué piensas, Shadowsan?

A mí me empezaron a temblar las manos mientras

esperaba que hablara Shadowsan. Me miró con intensidad, y supe que él sería la persona más difícil de persuadir. Después de un momento de silencio agobiante, dijo:

—En estos salones, entrenamos a los mejores atracadores del mundo. No es el lugar para una persona tan indisciplinada y rebelde como Oveja Negra. No está lista para pertenecer a los cuarenta ladrones.

Me miré los zapatos mientras las palabras de Shadowsan quedaron flotando, pesadamente, en el aire. Cada año, estos cinco directivos elegían personalmente un grupo selecto de cuarenta prometedores delincuentes de cualquier parte del mundo. Esos reclutas ya habían demostrado algún talento especial para el robo y, por lo general, hasta tenían un área de especialidad. Algunos eran maestros del engaño; otros eran rateros aficionados. ¿Y yo qué era? ¿Bromista? Lamenté que Shadowsan tuviera razón, ¡pero también sabía que podía ser una gran atracadora si solo me daban la oportunidad!

—Hasta ahora, nunca habíamos tenido un caso de inscripción tan anticipada como este —dijo la entrenadora Brunt. Levanté la vista, y nuestras miradas se cruzaron. Me guiñó un ojo, y yo le sonreí, a pesar de mi nerviosismo—. Pero Oveja Negra ya ha aprendido mucho, y tengo la corazonada de que será una de nuestras alumnas estrella si le damos una oportunidad. Además…, las decisiones se toman por mayoría, Shadowsan.

—¿Todos a favor? —preguntó Maelstrom.

Contuve la respiración mientras Brunt y Bellum levantaban la mano, y las seguían Maelstrom y luego Cleo.

¡Cuatro votos! ¡Lo había logrado!

Shadowsan se inclinó hacia adelante, sobrepasándome desde su posición de detrás de la mesa.

—Mejor que esté segura de que convertirse en atracadora profesional es lo que verdaderamente quiere, Oveja Negra, porque una vez que emprenda este camino, no habrá vuelta atrás. —Hice todo lo que pude para mantener la mirada de Shadowsan. Estaba decidida a no permitir que supiera cuánto me intimidaba, pero en mi interior estaba aterrorizada.

¿Era eso lo que quería? *Por supuesto que sí,* me dije. *¡Vas a ser la mejor atracadora que el mundo haya visto jamás!*

—Instructor Shadowsan, esto es lo que más quiero en el mundo —le dije. Y en esa oportunidad, no tuve que simular que estaba segura.

Desde ese momento en adelante, iba a llevar una vida de delitos. Y la clase estaba por comenzar.

CAPÍTULO TRES

HABÍA PASADO TODA MI INFANCIA VIENDO CADA año que un grupo de reclutas provenientes de todas partes del mundo llegaban a la isla y partían de ella. Por fin me tocaba a mí.

—¡Ingresé! —le dije al Jugador. Apenas podía creerlo.

—¡Qué bien, Oveja Negra!

—Hablar contigo me hizo dar cuenta de que debía tomar cartas en el asunto.

—Supongo que no tendrás mucho tiempo para estas charlas cuando empieces las clases —dijo.

—No seas ridículo. Tú eres mi mejor amigo, Jugador. Mi *único* amigo —le dije, y de verdad.

EL PRIMER DÍA DE ORIENTACIÓN FUE UNO DE LOS MÁS emocionantes de mi vida. Yo era, lejos, la más joven de todas las reclutas y una de las más pequeñas también. Pero no permití que eso me molestara. Pronto, pensé, les demostraría que era tan capaz como cualquiera. Incluso *más*.

Nos sentamos en el auditorio los cuarenta, vestidos con el uniforme escolar de color verde oliva y caqui, que les había visto usar a tantos otros estudiantes antes. Llevaba el mío con orgullo, rebosante de confianza, mientras la entrenadora Brunt hizo la presentación que yo había esperado oír durante tanto tiempo.

Brunt estaba de pie detrás de un podio y a sus espaldas brillaba una gran pantalla con el logo de VILE.

—Bienvenidos a la academia de entrenamiento VILE —comenzó—. Cada uno de ustedes ha sido seleccionado para nuestro programa anual debido al extraordinario potencial que ha demostrado tener. —Brunt señaló el logo de VILE, con sus bordes agudos apropiados para una organización delictiva—. VILE... significa Valiosas Importaciones, Lujosas Exportaciones. Comerciamos con objetos robados en todos los rincones del planeta.

Mientras Brunt hablaba, yo trataba de dar miradas furtivas a mis compañeros de clase. Era difícil verles la cara en la oscuridad. ¿Quiénes eran esas personas con quienes pasaría el próximo año de mi vida?

—Mientras permanezcan aquí, no deben tener contacto con el mundo exterior. —Brunt tomó un teléfono celular del podio y lo apretujó con la mano. Cuando la volvió a abrir, el teléfono no era más que pedazos de plástico y metal machacados.

Algunos estudiantes parecieron desilusionados. Yo traté de mostrarme lo más inexpresiva posible. La entrenadora Brunt no tenía idea de que yo tenía un celular en secreto..., mi vínculo con el Jugador y con el mundo exterior. Si alguien del claustro lo descubría, me expulsarían de la academia antes de haber empezado siquiera.

—También deben mantener en reserva su historia personal —continuó Brunt—. Este es un nuevo comienzo para ustedes. Eso implica que usarán solo el nombre de pila, hasta que se hayan ganado su nombre en clave. —La entrenadora Brunt me sonrió desde el escenario—. ¿Verdad, pequeño Corderito? —Yo me puse roja. "Corderito" era el apodo afectuoso que me daba la entrenadora Brunt y lo había sido desde que era muy pequeña..., ¡pero no quería que me llamara así delante de todos mis nuevos compañeros de clase! Traté de devolverle una sonrisa y me hundí en el asiento.

Detrás de mí, se oyó un resoplido.

—¿Corderito? No sabía que en este lugar había una mascota. —Me di vuelta para ver al dueño del acento australiano que oí detrás. Con ira creciente, le aferré el cuello de la camisa y lo atraje hacia mí.

—¡Solo la entrenadora Brunt me llama Corderito!

¡Para ti, soy Oveja Negra! ¿Entendiste? ¡Si entendiste, di que sí!

—¡Ajá…, digo…, sí! Ahora suéltame.

Hice lo que me pidió, empujándolo de nuevo contra su asiento por si acaso. Podría asegurar que, de reojo, vi que la entrenadora me sonreía desde el escenario.

Después de la orientación, era el momento de conocer a mis nuevos compañeros de habitación. En lugar de tener mi cuarto privado, compartiría uno de la residencia estudiantil con mis compañeros. No sabía bien si estaba emocionada o enojada ante esa perspectiva. Había sido la única niña —la única niña en *toda la isla*— durante tanto tiempo que no estaba segura de poder hacer amistades.

En la residencia nos asignaron nuestras habitaciones y a mí me dijeron que la compartiría con otros cuatro estudiantes. Me apuré y vi que era la primera. Después llegaron dos chicos, seguidos por una chica. Solo dijeron un hola con la mano cuando entraron, que respondí nerviosa. Esperé a que llegara quien faltaba, deseando secretamente que fuera una chica para que superáramos en cantidad a los varones. Se abrió la puerta y entró el muchacho australiano al que le había gritado en el auditorio.

Nos clavamos la mirada por un instante, luego apenas dije "¡Ejem!" y me puse a ordenar mis cosas. El australiano se rio entre dientes mientras sacudía la cabeza y se puso a hacer lo mismo.

En apenas unos minutos, tiramos por la borda la regla que nos prohibía contarnos cosas del pasado.

—Estaba trabajando como electricista júnior en la Ópera de Sídney, en Australia —dijo el muchacho que se llamaba Graham.

—¿Australia? ¿Quieres decir que estabas *en Australia*? —pregunté con los ojos abiertos de par en par. Su agravio anterior se convirtió enseguida en un recuerdo distante.

—Sip, ¿qué pasa? —Parecía sorprendido por mi entusiasmo.

—¿Has tenido en brazos a un koala? ¿Juegas al rugby? ¿Has visto alguno de los grandiosos tiburones blancos?

—Eh…, espera, después te contesto. Un día —continuó— se me encendió la bombilla. Podía vivir mucho mejor robándoles a los ricos que iban a la ópera que trabajando como mísero electricista. Todavía sigo con la electricidad, claro, pero ahora lo hago para poder hurtar cosas. —Habíamos empezado con el pie izquierdo, pero Graham habló con un tono tan tranquilo y despreocupado que me agradó enseguida.

—Yo soy Jean-Paul —dijo un chico alto de contextura atlética. Tenía un marcado acento francés. Resistí las ganas que tenía de hacerle una docena de preguntas sobre Europa—. Me gustan las *alturas*. Soy el escalador más grande del mundo, ¿saben? Cuanto más alto, mejor. Un día me aburrí de andar escalando sin ninguna razón y decidí aplicar mi pasión a los robos a grandes alturas.

El muchacho de menor estatura y más musculoso que estaba sentado al lado de Jean-Paul asintió en señal de que comprendía.

—Yo soy Antonio —dijo con suave acento español. Parecía amistoso y gentil, mientras que Jean-Paul parecía hosco y serio—. Soy experto en espacios pequeños. A Jean-Paul le podrán gustar los sitios elevados, pero a mí me gustan los *profundos*. No hay bóveda de banco en la que no pueda introducirme desde abajo. —Antonio pareció ponerse nostálgico de pronto, con la mirada perdida en la distancia—. Excavar..., abrir un túnel..., sentir la tierra entre los dedos de los pies...

—¡Puaj! —dijo la chica estadounidense que estaba a mi izquierda. Se echó hacia atrás el cabello rubio y nos miró a los cuatro como si tuviéramos suerte de estar en su presencia—. Soy Sheena. Hola. Me gusta hurtar en las tiendas. —Graham puso los ojos en blanco, y Sheena lo miró a la defensiva—. Me atrae la joyería ostentosa.

Sheena miró las muñecas rusas que yo acababa de colocar al lado de mi cama y me dijo:

—¿Es ahí donde guardas tus joyas, pequeña?

Instintivamente, me paré frente a ellas, custodiando mi

territorio. Podría ser menor y más pequeña que el resto de mis compañeros de habitación, pero no iba a permitir que me intimidara alguien a quien le gustaba hurtar en tiendas.

—Por favor, no toques mis cosas —le dije con firmeza.

Sheena arqueó una ceja. Se daba cuenta de que me estaba molestando, y se acercó a las muñecas.

—¿Cuáles, estas?

Cerré el puño al costado del cuerpo.

—¡Te dije que no les pongas las manos encima! —Sentía que aumentaba mi ira y sabía que estaba por explotar. Graham de inmediato se paró delante de Sheena, con una sonrisita ligera.

—Sin pelear, princesa. Tenemos que vivir en esta habitación todos juntos.

Por un momento, pareció que Sheena se iba a seguir acercando a las muñecas, pero después lo pensó mejor.

—De todos modos, debe de ser joyería barata —dijo desdeñosa, y retrocedió. Graham me sonrió y yo no pude evitar sonreírle también.

AL DÍA SIGUIENTE, EMPEZARON LAS CLASES. CUANDO ME levanté, me sentía más emocionada que nunca. Ese era el día en que por fin comenzaría mi carrera de atracadora.

Graham lo notó mientras nos dirigíamos hacia nuestra primera clase. Me dijo:

—Estás realmente ansiosa por empezar, ¿verdad, Oveja Negra? —Tenía una sonrisa relajada a la que terminaría acostumbrándome. Me encogí de hombros. Lo último que quería era parecer desesperada o impaciente. En cambio, traté de mostrar un aire de confianza.

—¿En serio te vas a hacer llamar *Graham* mientras estés aquí? —le pregunté.

—¿Qué pasa, no te gusta?

—Es un poco… anticuado —le expliqué con complicidad—. ¿Qué tal Gray? ¡Es mucho más genial que Graham!

—¿Gray, eh? No está mal. —Me miró con picardía—. Pero nada mejor que Corderito.

—Tienes razón, pero no te pongas celoso. Y recuerda: para ti, Oveja Negra.

Sentí que alguien me golpeaba en el hombro. Era Sheena, que nos miraba con el ceño fruncido mientras se abría paso.

—Gray…, o Gris, en español. Negra y Gris. Eso es *demasiado* adorable —dijo con superioridad. Yo, simplemente, la ignoré y seguí de largo hacia nuestra primera clase.

Había visto cada uno de los salones de clases muchas veces mientras deambulaba por los pasillos de la academia.

Pero nunca había sabido qué lecciones se enseñaban dentro.

Por fin es mi turno, pensé mientras me sentaba sobre un tapete en el salón de clases de Shadowsan para la primera hora: Sigilo 101.

El salón estaba decorado con un estilo japonés minimalista. Di un vistazo a las decoraciones tradicionales: había bonsáis y abanicos japoneses y delicados biombos que cubrían las paredes. Me llamó la atención una larga espada samurái que reposaba sobre un pedestal de piedra, detrás del escritorio del maestro. *¿Vamos a usar eso?,* me pregunté, llena de entusiasmo.

Shadowsan se ubicó en el frente del salón. Por un instante, podría asegurar que proyectó una mirada airada en mi dirección, pero parpadeé y ya había desaparecido. No le di importancia. No iba a permitir que nada se interpusiera en mi meta de sobresalir en todas las clases y ser la mejor estudiante que esa escuela hubiera visto jamás.

Shadowsan se metió la mano en el bolsillo y sacó una oveja de origami, minuciosa y cuidadosamente plegada.

—El origami, el arte de plegar el papel, es la mejor manera de practicar y perfeccionar un toque delicado —dijo mientras apoyaba la oveja sobre una mesa, donde había otros objetos de papel—, esencial para extraer cosas de los bolsillos.

Momentos después, a todos nos dio hojas de papel

para origami. Me esforcé en mi figura. Doblé cada borde con cuidado, como si fuera un complejo rompecabezas que tenía que armar. Miré a mis compañeros. Sus creaciones de origami, si podían llamarse así, parecían hojas de tarea arrugadas y pisoteadas por el perro de la familia. Sin embargo, el mío no. El mío era un unicornio perfectamente plegado. Los dobleces meticulosos y los movimientos precisos de los dedos me resultaron tan naturales como respirar.

Shadowsan pasó a mi lado y alcé orgullosa mi origami y se lo mostré. Él siguió caminando con una expresión vacía por completo. *Seguro que estaba impresionado* —pensé—. *Solo que no quería demostrarlo.*

—Lindo rinoceronte —dijo Gray. Su origami parecía un pedazo de papel despedido por una podadora de césped. Jean-Paul y Antonio no lo hicieron mucho mejor. La cabra de Jean-Paul se parecía más a un sapo, y Antonio, frustrado, había estrujado su topo, que quedó todo arrugado.

—Es un unicornio —lo corregí—. ¿Y el tuyo?

—Se suponía que sería un canguro —dijo Gray secamente—. Esta clase es Sigilo 101. Oí que nuestro instructor solía ser un ninja. ¿Cuándo va a mostrarnos algunos movimientos?

—Ya te lo averiguo —dije levantando la mano. Gray y yo nos estábamos haciendo amigos. Era una experiencia totalmente nueva para mí, y me di cuenta de que quería impresionarlo a él y a los demás.

Atraje la atención de Shadowsan, que se dio vuelta hacia mí despacio y arqueó levemente la ceja al ver mi mano levantada.

—Instructor Shadowsan, señor —le dije sin pensarlo—, ¿no vamos a aprender a usar *eso*? —Y señalé la espada que estaba en el pedestal.

Hizo un gesto hacia la espada, que estaba detrás de él.

—¿La espada? Eso es una antigüedad. Es solo para admirarla. —Me encogí ante su mirada reprobadora—. Pero si desea divertirse con juguetes, la entrenadora Brunt le enseñará el arte de defensa personal.

Los demás estudiantes se rieron con disimulo. Sheena lo hizo más ruidosamente y, a través del salón, le vi una sonrisa de triunfo. Parecía muy feliz porque Shadowsan me había puesto en mi lugar.

Me fui con rapidez a mi siguiente clase, decidida a actuar mejor. Era la clase de Combate y Armamento, de la entrenadora Brunt. Se dictaba en el gimnasio de Brunt, donde teníamos a disposición todos los elementos, desde sacos de boxeo hasta largas varas de madera que se usaban para practicar lucha llamadas *bastones bo*. Era un salón donde se respiraba un aire inundado de espíritu deportivo y disciplina.

Yo siempre había sido de reacciones rápidas y ágiles,

pero me enfrentaría a estudiantes que tenían el doble de mi tamaño. De pronto me daba cuenta de qué poca estatura tenía comparada con la de todos los demás. Traté de calmarme mientras entrábamos. Decidí que no tenía importancia que los otros estudiantes fueran más grandes o mayores que yo. Iba a usar todas mis fuerzas contra ellos.

La entrenadora Brunt nos observó con detenimiento, uno por uno. Cuando me vio en la fila, me hizo una señal de aliento con la cabeza.

—En esta clase, voy a hacer que entrenen arduamente, ¿comprenden? —gritó mientras caminaba de un lado a otro delante de nosotros—. ¡No bajen nunca la guardia! Cuando estén en el campo, nadie va a ser blando con ustedes, ¡así que no quiero ver que son blandos con los compañeros!

Tomó algunos bastones bo y nos los arrojó.

—Primera regla de defensa personal —gritó con su marcado acento sureño—: ¡protegerse siempre la cara!

Nos agrupamos en parejas mientras ella nos decía:

—¡Hagan lo peor que puedan!

Tomé firmemente el bastón bo y arremetí contra Gray. Él me esquivó con facilidad.

—Muy lenta —se burló. Antes de que tuviera oportunidad de atacarme, gruñí y me lancé por segunda vez contra él. Lo tomé por sorpresa, justo como quería.

Consiguió evadirme, pero esta vez con torpeza. Mientras trastabillaba, le di una patada giratoria baja que lo hizo perder el equilibrio y caer al suelo.

—¡Guau! ¡Mira lo que te tenías guardado! —exclamó—. ¡Nada mal, Oveja Negra!

Gray y yo intercambiamos golpes de bastón por un rato. A nuestro lado, Antonio y Jean-Paul estaban haciendo lo mismo, hasta que Antonio al final derribó a Jean-Paul embistiéndolo con el hombro.

Gray me codeó y me hizo señas para que mirara al otro lado del salón.

—¿Quién es ese con el que está luchando Sheena?

Sheena estaba con un estudiante callado que yo había visto en la orientación, pero con el que no había hablado. Él estaba distraído mirando el gimnasio, apenas de espaldas a Sheena. Antes de que yo pudiera advertirle, Sheena lo golpeó con el bastón bo y lo hizo caer de espaldas.

Me acerqué de inmediato, le extendí la mano y lo ayudé a levantarse.

—¿Estás bien? —le pregunté—. No dijo una palabra, solo se encogió de hombros y asintió con la cabeza.

—No me había dado cuenta de que este era un ejercicio para *fomentar el espíritu de grupo* —dijo Sheena mientras intentaba golpearme con el bastón. Como rayo, tomé su bastón y tiré de él. Se derrumbó con un chillido.

—¡Así se hace, Corderito! —dijo Brunt con una

sonrisa y me guiñó el ojo orgullosa. Sheena bufó enojada mientras se levantaba y me fulminaba con una mirada asesina.

A poco fue hora de pasar a la clase de la condesa Cleo. No estaba segura de qué esperar de una clase llamada Protocolo Delictivo, pero sabía que Cleo estaría ansiosa por convertirme en una persona cortés si tuviera oportunidad. Para ella, yo era una niñita revoltosa, y no estaba tan equivocada.

En el salón de clases de Cleo reinaba la elegancia: tenía hermosas cortinas estampadas que colgaban de las ventanas e invaluables obras de arte perfectamente ubicadas en las paredes.

—En esta clase, aprenderán a distinguir las cosas más finas de las... *no* tan finas. —Cleo se contoneaba por el frente del salón como una modelo en una pasarela—. Una falsificación es una imitación. Una copia que parece el objeto real. No les servirá de mucho robar una pila de diamantes falsos en lugar de los auténticos. —Puso cara de total desagrado—. Si quieren ser atracadores competentes en lugar de ladronzuelos insignificantes, tienen que aprender a moverse en la alta sociedad y a reconocer la diferencia entre lo que es valioso y lo que no lo es.

"¡Examen sorpresa! —Cleo señaló dos jarrones idénticos que estaban a su lado, sobre la mesa. Los jarrones tenían minuciosos diseños florales de color azul y blanco que rodeaban los costados—. Uno de estos jarrones es una baratija comprada en un mercado de pulgas. El otro es un jarrón de la dinastía Ming, del período Jiajing, valuado en trescientos mil dólares. ¿Cuál robarían? ¿Alguien me lo puede decir?

—¡Yo lo sé! —gritó Sheena agitando la mano. La condesa Cleo la convocó con un movimiento de cabeza. Sheena se puso de pie sonriendo con suficiencia. Saltó al pasillo, hizo una serie de volteretas y llegó rebotando al frente del salón. La última vuelta en el aire la llevó hasta los jarrones. Cuando aterrizó, tomó triunfante uno de ellos.

—¡Este! —gritó orgullosa, disfrutando de la atención que estaba recibiendo.

El segundo jarrón tambaleó sobre la mesa y luego… *¡CRASH!*

Se cayó al suelo y se partió en mil pedazos. La condesa Cleo hizo una mueca de dolor.

—Desgraciadamente —dijo—, estarías equivocada.

Sheena levantó el jarrón que tenía en la mano y todos pudimos ver la etiqueta del precio que estaba en la parte inferior, que decía noventa y nueve centavos.

—¡Estaba tan segura de sí misma! —le dije burlona a Gray, y estallamos en carcajadas. Sheena nos lanzó una mirada de fuego que habría derretido el hielo.

Después de Protocolo Delictivo, tuvimos Mente Maestra Diabólica, con Maelstrom. De todos los miembros del claustro, él siempre había sido el más impredecible mientras yo crecía en la isla. Definitivamente parecía extraño, y yo estaba intrigada por su actitud poco común y tenía curiosidad por saber qué nos enseñaría.

En cada lado del salón había dos grandes acuarios con criaturas marinas coloridas que nadaban lentamente en el agua. Más allá de uno de los acuarios, había un esqueleto en exhibición, y sentí que me estaba mirando directo a mí. Maelstrom estaba caminando delante de él, con las manos entrelazadas en la espalda.

Para dar gato por liebre reemplazando adecuadamente un objeto por otro —dijo Maelstrom mientras sostenía una bolsa de terciopelo—, los objetos deben tener el mismo peso y el mismo tamaño. —Introdujo la mano en la bolsa y sacó un montón de dinero—. Un voluntario, por favor.

Esta vez le tocó a Antonio pasar al frente de la clase.

Maelstrom volvió a colocar el dinero en la bolsa y se la dio a Antonio.

—Haga lo que haga —le indicó Maelstrom, ¡sostenga la bolsa con fuerza! Con toda la fuerza que pueda.

—Me estoy arrepintiendo de esta decisión —le oí murmurar a Antonio.

Maelstrom pasó por al lado de él como si tal cosa. Todos estábamos observando, con los ojos fijos en la bolsa que tenía Antonio en las manos. Luego Maelstrom se paró lejos de él, sosteniendo otra bolsa idéntica.

—Y aquí está... *¡reemplazado!* —Maelstrom metió la mano en su bolsa y mostró el montón de dinero.

Antonio buscó en la bolsa que él sostenía.

—¡¿Qué es esto?! —chilló. Se lo veía completamente asqueado al alzar un puñado de gusanos movedizos.

—¡SORPRESA! Eso, mi estimado muchacho, ¡sería el gato!

Maelstrom soltó una risita espeluznante. Algunos de los estudiantes, nerviosos, hicieron lo mismo. Antonio de inmediato volvió a meter los gusanos dentro de la bolsa y tomó asiento, limpiándose la mano en los pantalones.

—Eso fue repugnante —le dijo a Jean-Paul.

—¡Este tipo está loco! —masculló Sheena detrás de mí.

—¿Loco? ¿O es un genio? —preguntó Jean-Paul en voz baja—. ¡Intercambió esas bolsas delante de nuestros ojos y ninguno de nosotros se dio cuenta de nada!

La última clase del día fue Dispositivos y Tecnología, con la doctora Bellum. Había equipos de laboratorio comunes, con matraces e instrumentos científicos básicos, pero también empecé a divisar una gran variedad de inventos y aparatos extraños. Nunca había visto algo así. Algunos tenían forma retorcida y estrafalaria; otros estaban cubiertos de infinitas filas de botones y paneles de control. Dada la naturaleza excéntrica de la doctora Bellum, sabía que no había manera de descubrir para qué servían.

—Nunca subestimen el poder de la ciencia cuando están en el campo —empezó Bellum, con ojos inquietos que pasaban de un estudiante a otro—. La ciencia puede desactivar un sistema de alarma. O llenar un salón con un gas nervioso tóxico que detenga por completo a sus enemigos.

Bellum caminó hasta la pared y descolgó una larga vara de metal. No era muy distinta del bastón bo con el que habíamos estado luchando antes ese día, solo parecía estar hecha de acero pulido y dispositivos electrónicos.

—Tomen, por ejemplo, mi última invención: ¡la *vara electrizante!* —Bellum giró un dial del costado de la vara, y el invento cobró vida con un zumbido de electricidad. Vi que Gray se inclinó hacia adelante. Parecía hechizado.

Bellum giró la vara para mostrarnos el dial que tenía en el costado.

—Con esto puede modificarse la configuración: el PEM direccional, el modo inmovilización, etcétera. Un PEM, para quienes no lo saben, es un *pulso electromagnético.* Puede destruir cualquier sistema electrónico que esté en su radio de alcance. Ahora, si se gira *por completo* el dial… —La doctora Bellum giró el dial hasta su punto máximo. Apuntó la vara directamente a un muñeco para pruebas de impacto que estaba en el fondo del salón de clases. Al presionar un botón: *¡ZAS!*

Un rayo de electricidad rasgó el aire y le dio al muñeco

justo en el pecho. Por el salón se propagaron murmullos, así como el humo que provenía del lugar en que había estado el muñeco hasta un momento antes. Ya no quedaban de él más que restos carbonizados sobre el piso.

Bellum se rio, emocionada por los resultados. Miré a la izquierda y vi a Gray contemplando la vara electrizante, boquiabierto.

—¿Te gustó? —le pregunté.

—¿Si me gustó? ¡Me *encantó*!

—Después la robo para ti —le prometí con un guiño.

Esa semana, un poco después, fui al patio sin que nadie me viera y me escondí tras una hilera de setos. Con tantos estudiantes por alrededor, era un riesgo hablar con el Jugador, pero un riesgo que valía la pena correr. ¡Estaba ansiosa por contarle que había empezado la escuela!

Se oyó sonar el teléfono y luego apareció en la pantalla el conocido gráfico del sombrero blanco.

—¡Jugador!

—¡Qué tal, Oveja Negra! —El Jugador sonaba tan emocionado como yo por poder comunicarnos.

—¡No te imaginas cómo fue mi primer día! Hubo varas electrizantes, y gusanos, y lucha…

—¿Qué? Te estás burlando de mí, ¿verdad?

—Quédate tranquilo, ¡todo fue parte de las clases!

—Ahh, bueno, supongo que entonces está bien —dijo sarcásticamente.

Miré hacia adelante y vi a Gray. Estaba dando vueltas, como si buscara algo o a alguien. Después de que asomé la cabeza por detrás de los arbustos, Gray me saludó con la mano.

—¡Oveja Negra! Estabas ahí. Te estaba buscando. ¡Vamos, colega!

—Se me cayó el bolígrafo, ¡enseguida voy! —le grité, y volví a agacharme detrás de los arbustos.

—¿Quién era? —preguntó el Jugador.

—Graham. Bueno, me gusta llamarlo Gray. ¡Es de *Australia*! ¡El lugar donde viven los canguros! Es mi mejor amigo.

—Ah. —En la voz del Jugador había un tono de tristeza que nunca antes había oído, y traté de arreglar las cosas rápidamente.

—Mi mejor amigo de la *escuela*. Lo entiendes, ¿verdad?

—La verdad, no. No voy a la escuela, estudio en casa —contestó el Jugador.

—En realidad, se parece más a un hermano mayor. Tengo que irme. Llegaré tarde a Protocolo Delictivo.

—Un momento… ¿A qué clase de escuela vas?

CAPÍTULO CUATRO

A MEDIDA QUE PASABAN LOS DÍAS, MIS COMPAÑEROS y yo estudiábamos y nos entrenábamos más y más. Aprendimos a deslizarnos con cuerdas por el costado de un edificio y a usar una cuchilla para cortar el vidrio e introducirnos con facilidad por una ventana cerrada. Cleo se aseguró de que supiéramos qué tipo de pintura usaban los artistas de distintos períodos para que pudiéramos falsificar cuadros valiosos. Shadowsan nos entrenó para que camináramos silenciosamente por pisos de madera crujientes.

Mientras avanzaba el entrenamiento, empezó a ponerse de manifiesto la especialidad de cada uno de mis compañeros. Cada día que pasaba se hacía más evidente por qué habían sido elegidos para el prestigioso programa de VILE.

Un día, en la clase de Brunt, estábamos participando de un ejercicio difícil. Trataba de concentrarme mientras descendía desde las vigas del cielorraso con cuerdas de escalar delgadas. A mi alrededor, los demás estudiantes estaban haciendo lo mismo.

—¡Su propósito es llegar primero al objetivo! —nos gritó Brunt. El objetivo era un maletín que estaba suspendido a veinte pies en el aire.

Fui la primera en llegar al suelo desde las vigas. Rápidamente, tomé un par de largos zancos de metal que estaban apoyados contra la pared.

—Estos zancos —explicó Brunt— los ayudarán a alcanzar lugares altos cuando no haya nada alrededor. ¡Úsenlos para llegar al objetivo! Enseguida me los até a las piernas y traté de pararme. Las piernas se bamboleaban descontroladas de un lado a otro. Di un paso tembloroso hacia adelante, después otro.

Lenta, pero segura, traté de recorrer la distancia hasta el maletín que colgaba, pero me resultó imposible mantener el equilibrio sobre los delgados zancos de metal, y caí hacia atrás.

"¡Ay!", grité y traté de asirme de algo para detener mi caída. Mientras volaba por el aire, logré atrapar una de las cuerdas de escalar y aferrarme a ella. Podía oír que Sheena se reía de mí, aunque ella ni siquiera había terminado de bajar desde las vigas. *Veamos si alguien lo hace mejor,* pensé.

Mientras descendía, oí que un par de pies aterrizaban

en el suelo a mi lado y, al darme vuelta, vi a Jean-Paul. Estaba inspeccionando los zancos.

—Son para alcanzar el maletín —le recordé. Los apartó.

—No los necesito —dijo como si nada.

Toda la clase dejó de hacer lo que estaba haciendo y se quedó observando atónita como saltaba él por la pared hacia el maletín. Lo arrancó de un tirón desde el aire con mucha facilidad y luego se sentó en el alféizar de una ventana veinte pies por encima de nosotros.

La entrenadora Brunt aplaudió lentamente, con una sonrisa dibujada en el rostro.

—Nada mal. Saltó como si fuera una cabra montañesa, ¿verdad?

—¿Cabra montañesa? —Él reflexionó por un momento—. Me gusta.

Jean-Paul abrió el maletín y desparramó puñados de confeti.

—¿Todo eso por unos confetis? —preguntó mientras saltaba directamente al piso del gimnasio y caía parado.

—Los verdaderos premios llegan *después* de la graduación —le dijo Brunt encogiéndose de hombros—. Y mejor que todos se pongan a limpiar los confetis.

La semana siguiente, Gray y yo estábamos jugando al ajedrez en la sala de estudios cuando, de golpe, entró Jean-Paul. Se veía preocupado.

—¿Qué pasa, amigo? —le preguntó Gray cuando le vio la expresión que tenía.

—¡Es Antonio! ¡Desapareció! Oveja Negra, tú conoces esta isla mejor que nadie. ¿Tienes idea de dónde puede haber ido?

Gray y yo accedimos enseguida a ayudar a Jean-Paul a buscar a su amigo.

Los tres fuimos por los pasillos y los salones de clases de la academia, y hasta nos animamos a meternos en la sala de profesores. Recorrimos las playas, pensando que podría estar acurrucado en un hueco en la arena, pero tampoco tuvimos suerte allí.

Después de horas de búsqueda, decidimos tomarnos un descanso. Yo conocía cada pulgada de la isla y, aun así, no tenía idea de dónde podría haber ido. Estábamos sentados en la escalinata que conducía a la escuela cuando oí una risita inquietante que venía desde la entrada.

Corrí hacia el lugar de donde provenía el sonido. Gray y Jean-Paul me seguían de cerca. Encontramos al profesor Maelstrom parado en el vestíbulo.

—Profesor Maelstrom, señor, ¿ha visto a Antonio?

—¡Ah, sí!

Jean-Paul lo miró asombrado.

—¿Lo ha visto? ¿Dónde está?

—Estoy poniendo a prueba sus habilidades. Le daré créditos adicionales si puede excavar un túnel debajo de toda la isla —dijo Maelstrom con una sonrisa siniestra—. Debe de aparecer en cualquier momento..., es decir, si realmente lo hizo. Siempre existe la posibilidad de que se haya quedado atascado o atrapado en algún lado.

Jean-Paul se veía preocupado. Pero un instante después, sentimos sacudones y temblores bajo los pies. Justo donde estaba grabado el logo de VILE en el piso, la tierra cedió e irrumpió en la superficie un gran taladro con una afilada punta giratoria. Todos dimos un salto hacia atrás mientras Antonio salía del pozo, cubierto de tierra de pies a cabeza y con una sonrisa enorme.

El profesor Maelstrom se rio. Parecía encantado.

—¡Excelente! Bien hecho. Cavó tan rápido como un pequeño topo. Y en cuanto a su premio..., ¡no es necesario que se ofrezca de voluntario en mi clase nunca más!

Antonio respiró aliviado mientras se sacudía las piedras y la tierra de los hombros.

—Gracias, señor. El verdadero premio es haberlo logrado.

GRAY ENSEGUIDA SE CONVIRTIÓ EN EL ESTUDIANTE PREFE-
rido de la doctora Bellum. Pasaba todas sus tardes libres en
el salón de clases de ella mejorando los dispositivos científicos e ideando nuevas maneras de aplicar la electricidad para
que los agentes de VILE las usaran en los atracos.

Un día entré a la clase de Bellum y me encontré en
medio de una compleja red de rayos láser que abarcaba
todo el salón. Los láseres para seguridad se entrecruzaban
por cada pulgada del lugar con brillantes haces de luz roja.
En el ambiente se percibía el zumbido distintivo de la electricidad.

—¡Oveja Negra! ¡Mira esto! —Gray me llamó orgulloso desde el fondo del salón—. Ven aquí. ¡Quiero mos-
trarte algo!

—¿Cóóómo? ¡No puedo ir hasta ahí si hay cientos de
láseres en el camino!

—¡Ah!, ¿estos? ¡Son inofensivos! —Gray empezó a
caminar a través del campo de rayos láser. Para mi sorpresa, no sonó ninguna alarma y los láseres mismos parecían ser solo luces rojas—. Es algo en lo que he estado
trabajando —me explicó—. Si te topas con una red de
seguridad cuando estás robando en el campo, puedes usar
este aparato. ¡El dispositivo desactiva la red de seguridad
real y la reemplaza por una falsa! Los láseres son inofensivos y no encienden ninguna alarma. ¡Pero los guardias no
podrán reconocer que hay algo diferente!

—Nada mal, Gray, para un electricista —me burlé, pero estaba impresionada.

—Bueno, si la grandiosa Corderito lo aprueba, lo tomaré como un resultado positivo.

Una tarde, Shadowsan nos sorprendió con un nuevo desafío en la clase.

Vimos que ponía sobre un banco de trabajo dos grandes vasijas de cerámica. Luego comenzó a llenar cada una lentamente con granos de arroz. La clase observaba nerviosa, sabiendo que le esperaba una prueba difícil.

—Un voluntario, por favor —dijo Shadowsan; su expresión era tan difícil de descifrar como de costumbre. Nadie se ofrecía de voluntario.

—Sheena y Oveja Negra, pasen al frente.

Iba confiada por el pasillo, aunque Sheena intentó hacerme perder el equilibrio empujándome a un lado.

—Fuera de mi camino, ovejita. Este es *mi* momento de brillar —dijo.

La ignoré. Fuera lo que fuera lo que Shadowsan nos tenía preparado, yo estaba lista. Había estado esperando una oportunidad de demostrar que era la mejor estudiante de la clase y no iba a permitir que Sheena se interpusiera en una ocasión como esa.

—Dentro de cada una de estas vasijas de arroz, hay una docena de pequeños diamantes. Ustedes deben tratar de hallar todos los diamantes que puedan en dos minutos. El tiempo empieza… ahora.

Sheena y yo metimos las manos dentro de las vasijas. Ella empezó a sacar arroz desordenadamente y a tirarlo al piso. Yo lo hice de otro modo. Con cuidado, traté de distinguir la forma y la textura de los diamantes entre los granos de arroz.

El tiempo pasaba con rapidez y enseguida sonó la alarma.

—¡Ajá! —exclamó Sheena abriendo la palma de la mano triunfante para mostrar un único diamante.

—No sabía que debíamos recolectar solo uno —dije mientras abría yo la mano y mostraba los siete diamantes que había encontrado.

Miré a Shadowsan, esperando pacientemente que dijera algo… para felicitarme. En cambio, solo frunció el ceño.

—Hay una docena de diamantes en cada vasija. No veo una docena delante de mí. Debe hacerlo mejor.

—¿Qué tiene contra ti? —preguntó Gray cuando salimos del salón de clases de Shadowsan.

—¡Encontré siete veces más diamantes que Sheena! ¡Nadie podría haberlo hecho mejor de lo que lo hice! —dije, y pateé el casillero por la frustración—. ¡Él también lo sabe! No entiendo por qué me odia y nunca lo entendí.

—No dejes que Shadowsan te moleste —dijo Gray, tratando de reconfortarme—. Todos saben que eres la mejor ladrona aquí. Estoy seguro de que Shadowsan también lo sabe…, aunque no quiere admitirlo.

—¡Ay, pobrecita! ¿Corderito está triste porque no consiguió la aprobación del maestro? —se burló Sheena cuando pasó a nuestro lado.

Me di vuelta para mirarla a la cara, sintiendo que una ira al rojo vivo crecía dentro de mí.

—¡Solo mis amigos pueden llamarme Corderito! —le grité.

Sheena se detuvo delante de mí, con la mano en la cadera.

—¿Y qué harás al respecto…, Corderito?

Cerré los puños a los costados del cuerpo. Antes de que pudiera hacer un movimiento, sentí una mano tranquilizadora sobre el hombro.

—No vale la pena, Oveja Negra —dijo Gray. En mi interior, sabía que tenía razón y seguí mi camino.

ME SEGUÍA COMUNICANDO CON EL JUGADOR SIEMPRE que podía, pero cada vez estaba resultando más difícil por el ajetreado horario de las clases y los ojos de los demás estudiantes y de los directivos que curioseaban a mi alrededor.

Debí cortar la llamada cuando Antonio salió de la tierra cerca de donde me estaba escondiendo, entre los setos. Tuve que simular que me había detenido a oler las rosas, lo que, para mi asombro, él de verdad creyó. Hasta me dio consejos sobre cómo cavar profundo porque, según él, esa era la única manera de fundirnos *realmente* con la tierra.

Para evitar que esa pequeña aventura se repitiera, una tarde entré a escondidas al depósito de útiles y tomé algunos enormes anzuelos de pescar.

Luego me escabullí en el gimnasio de la entrenadora Brunt. Podía ver su silueta en su oficina. Hice todo lo que pude para deslizarme con cuidado a lo largo de la pared hasta que logré llegar adonde estaban guardados los elementos para gimnasia. Tomé unas cuerdas, me las colgué en la espalda y enseguida escapé. *Podría entregar las cosas que robé para obtener créditos adicionales,* pensé, hasta que recordé por qué las había tomado en primer lugar.

Me senté afuera y até una cuerda en uno de los anzuelos, con los nudos que me había enseñado la entrenadora Brunt cuando yo era niña. Luego arrojé el anzuelo al techo. Tuve que intentarlo varias veces, pero al final se enganchó y quedó firme. Probé el peso y empecé a trepar por el costado del edificio. ¡Mi rezón improvisado funcionaba a la perfección!

No bien estuve en el techo, levanté el rezón y admiré mi obra. *Nada mal,* pensé.

Desde ahí arriba, podía ver toda la isla. Los estudiantes estaban en el patio. Algunos estaban practicando sus habilidades delictivas y entrenando juntos; otros estaban jugando o charlando. A la distancia, el océano centelleaba con un intenso azul turquesa.

Era el lugar ideal para hablar con el Jugador. Desde ahí podía ver todo y, mientras estuviera agachada, nadie me podría ver.

Marqué su número y, como siempre, apareció en la pantalla el logo del sombrero blanco.

—¡Jugador! ¿Hubo suerte? —pregunté apurada. El Jugador había estado esforzándose por tratar de averiguar en qué lugar del mundo estaba yo. Teníamos esperanzas de que pudiera descubrir mi ubicación hackeando los servidores informáticos de VILE.

—Malas noticias, Oveja Negra.

—¿Nada?

—Sea cual sea la escuela en que estás…, los directivos *realmente* no quieren que nadie los encuentre. ¡Nunca vi nada igual!

—Tal vez está en el Pacífico sur. ¡O frente a las costas de Nueva Zelanda!

El Jugador se quedó en silencio por un momento, pensando detenidamente.

—¿No te molesta estar en una escuela y no saber siquiera dónde está ubicada?

—Bueno, claro que tengo curiosidad. Pero no estaré aquí para siempre. Cuando me gradúe, voy a viajar por todo el mundo. Además, es un... tipo de escuela especial. ¿Es tan loco eso?

—Como te dije, no voy a la escuela, estudio en casa. No sabría realmente qué es loco.

CAPÍTULO CINCO

ADEMÁS DE TRABAJAR DURO, MIS COMPAÑEROS DE cuarto y yo también *jugábamos* duro. Me seguía encantando hacer bromas y travesuras en general, y ahora tenía amigos que me ayudaban en mis planes atrevidos.

Era primero de diciembre y, como reloj, el barco de la contadora estaba amarrando en el muelle. Yo estaba armada de nuevo con globos de agua, solo que esta vez había convencido a mis compañeros de cuarto de que me ayudaran.

Jean-Paul, Antonio y Gray estaban equipados con más globos de agua de los que yo podría haber cargado sola. Incluso estaba Sheena, aunque yo sospechaba que era porque no quería quedar al margen de nada y no porque compartiera el espíritu de la travesura.

Nos quedamos en cuclillas en nuestro escondite mirando hacia abajo al muelle. Los cinco observamos y esperamos pacientemente mientras Cookie Booker salía del barco y bajaba al muelle. Vi al capitán, al que le había robado el teléfono celular, y me pregunté si habría denunciado la pérdida.

La contadora estaba vestida con un traje de color amarillo brillante y negro, y parecía todo un abejorro humano. Gray me codeó.

—¿Lleva la contabilidad? Más bien parece que lleva *abejorros*, ¿verdad? —dijo con una gran sonrisa.

Me reí disimuladamente, luego noté que Sheena nos estaba mirando. *Olvídala* —pensé—. *Ya casi es hora del espectáculo.*

—¿Ven el bolso que lleva? —les susurré mientras señalaba la cartera rayada amarilla y negra de Cookie Booker—. Solo *parece* una cartera. ¡En realidad es un disco rígido! ¡Está cargado con información superclasificada reunida por los agentes de VILE en todo el mundo! Aparentemente la información del disco rígido es lo único que VILE necesita para planear todos los atracos y delitos del próximo año. Es donde guardan todos los datos sobre las operaciones en marcha y los nuevos objetivos..., es un material *súper* supersecreto. —Estaba hablando rápido, sin poder contener mi agitación. Había oído rumores de la existencia del disco rígido apenas el año anterior—. Es demasiado importante para correr el riesgo de cargarlo desde una ubicación remota, así que hacen que ella misma traiga el disco rígido a la isla. Viaja hasta aquí en barco para evitar que la descubran, pero, escuchen esto, ¡le tiene miedo al agua! —Hasta a Jean-Paul y a Antonio les dio risa.

—Eso es gracioso —dijo Jean-Paul sonriendo.

—Y astuto —agregó Antonio—. ¿Qué pasaría si alguien lo hackeara?

Tragué saliva, pensando en el Jugador. No tenía duda de que, con habilidades tan sorprendentes como las suyas, podría hackear el disco rígido si tuviera acceso a él.

—¿Están listos para divertirse? —les pregunté con una sonrisa traviesa—. ¡Apunten… y lluvia!

Los cinco llevamos el brazo hacia atrás. A mi señal, lanzamos los globos, que dibujaron un arco en el aire como balas de cañón.

Cookie Booker miró al cielo y se cubrió la cara, pero era demasiado tarde: los globos de agua ya le estaban cayendo por alrededor, uno por uno. Aullaba y chillaba mientras el agua caía en el suelo y le salpicaba los zapatos de última moda.

—¡Oveja Negra! —gritó furiosa—. ¡Sé que eres tú!

Los cinco salimos corriendo, muertos de risa. Me sentí aliviada al ver que hasta Sheena pareció divertirse un poco al final porque se reía mientras corría.

—¿Le vieron la cara? ¡Eso sí que fue cómico!

—¿Verdad que sí? ¡La señorita Abejorro se dio un chapuzón!

Yo estaba guiando al grupo fuera de la escena del delito. Corrimos por el predio y atravesamos el patio a la carrera para refugiarnos a salvo en la academia. Lo que yo no había visto era que los estaba guiando directo hacia Vlad y Boris, los "limpiadores" de VILE. Ellos eran los conserjes de la escuela, pero se decía que también ayudaban a los directivos en otras cuestiones más secretas. Levanté la vista y advertí que sus enormes figuras nos cerraban el paso a la escuela.

Frené y mis zapatos chirriaron contra el piso.

Boris era mucho más alto que el robusto Vlad, quien tenía los brazos cruzados en el pecho mientras nos observaba a los cinco. Los dos, simultáneamente, alzaron una ceja en señal de desaprobación. Eso era malo, lo sabía. Vlad y Boris eran los ojos y los oídos de los miembros del claustro. Cualquier cosa que vieran, sin duda, la informarían.

—¡Solo estamos... trotando! —dije inmediatamente—. Nada como el ejercicio enérgico y el aire puro, ¿verdad, muchachos?

Boris señaló con la cabeza en dirección a Sheena, y descubrí que ella todavía tenía un puñado de coloridos globos de agua. Trató de esconderlos detrás de la espalda, pero lo hizo con torpeza. Los globos se reventaron contra el piso con unos ¡*PLAS!* perfectamente audibles.

—¡Muy bonito, Sheena! —se quejó Gray mientras Antonio se daba una palmada en la frente.

Vlad y Boris no perdieron tiempo para llevarnos a los cinco ante el claustro. La última vez que había estado en esa sala, había pedido matricularme en la Academia VILE. Ahora estaba allí como estudiante para enfrentar el castigo por mis tontas bromas. ¿Se arrepentiría el claustro de haber tenido fe en mí?

Los directivos nos observaban a más altura. Bajo nuestros pies estaba el enorme logo de VILE. Vi que Sheena, nerviosa, arrastraba los pies de un lado a otro.

Respiré profundamente y miré a los ojos a los instructores.

—Asumo toda la responsabilidad. Fue idea mía. Ellos ni siquiera querían ir. —Después de todo, era verdad. Ellos nunca habrían arrojado esos globos de agua si no hubiera sido por mí. Yo era la que había arrastrado a mis amigos a esos juegos infantiles míos.

—¿No le dije, Oveja Negra, que usted era inmadura e imprudente? —preguntó Shadowsan con desprecio—. Recomiendo la expulsión.

Se me hizo un nudo en el estómago. *¡Expulsión!* ¿Por unos globos de agua? Traté de inventar una respuesta, pero tenía la mente tan acelerada que no podía pensar con claridad. ¿Realmente me iban a expulsar?

¿Justo cuando, por fin, comenzaba a demostrar lo que valía?

—Estimado claustro, con el debido respeto…, Oveja Negra no es la culpable. Nosotros la alentamos —dijo Gray. Lo miré fijo.

—No, no lo hicimos —bufó Sheena en voz baja. Gray enseguida le dio un codazo en las costillas.

—Es verdad —dijo Antonio. Jean-Paul lo miró asombrado—. Sí, por una vez, estoy haciendo lo correcto —le susurró Antonio a su amigo.

Observé que los miembros del claustro hablaban en voz baja entre ellos. Y, aunque me esforcé por oír lo que estaban diciendo, pude reconocer solo partes de la conversación.

—No podemos expulsar a todo el malón d'ellos —dijo una clara voz texana.

—¿Todos a favor? —preguntó Maelstrom. Tragué con fuerza, preocupada por lo que acababan de acordar.

—Si ustedes insisten en actuar como niños… —comenzó Shadowsan. El corazón me palpitaba—. Serán tratados como niños. Están todos sentenciados a… detención. Durante una semana.

¿Detención? Bueno, eso podía sobrellevarlo.

76

—¡Uf, esto es lo peor! ¡Es como si estuviéramos en la escuela primaria! —Sheena se paseaba furiosa por la sala de estudios donde estábamos confinados, como un tigre en un zoológico.

—¿Lo peor? —preguntó Jean-Paul con una ceja levantada—. Creo que lo peor habría sido la expulsión.

—A la única persona que iban a expulsar era a Oveja Negra. Y yo habría estado conforme con eso. En realidad, habría estado más que conforme. ¡Habría estado *encantada*!

Jean-Paul sacudió la cabeza y se concentró en su solitario.

Yo ignoré a Sheena y le dije a Gray:

—Eh…, gracias por cubrirme las espaldas.

—Sé que ellos dicen que no hay lealtad entre ladrones, pero nosotros estamos juntos en esto, ¿verdad? Siempre te he cuidado. Ah, y jaque mate. Di un vistazo y me di cuenta de que varias de mis piezas de ajedrez habían desaparecido del tablero.

—¡Eh! ¡Hiciste trampa!

Gray se sonrió y agitó mi reina.

—Aquí nos alientan para que hagamos trampas, ¿recuerdas?

—Tiene razón —dijo Antonio sosteniendo un puñado de cartas que había robado del mazo de Jean-Paul.

Jean-Paul se las arrebató con una sonrisa.

—¡Las estaba buscando!

Sheena nos observaba, con las manos pegadas a las caderas.

—¿Entonces todos ustedes están conformes con ser castigados por algo que es culpa de *ella*? —se quejó mientras me señalaba—. A mí no me gusta que me traten como una nenita de kindergarten y *definitivamente* no me gusta pagar los platos rotos por algo que organizó una niña malcriada. —Sheena se acercó a mi pupitre, con la cara roja de ira—. Gray podrá cubrirte las espaldas, pero yo te voy a despellejar, nenita.

Sheena no era más que una bravucona engreída y yo me estaba cansando de su actitud. Me paré enfurecida. No bien abrí la boca para replicar, sentí otra vez esa mano en el hombro. Era Gray.

—A ver, muchachos —dijo tratando de calmarnos cambiando de tema—, ¿qué les parece si usamos la detención para elegir nuestro nombre en clave?

Todos estuvimos de acuerdo con la sugerencia y empezamos a acomodar las sillas en un círculo.

Como bien sabíamos, el nombre en clave era importante: tenía que expresar quiénes éramos como criminales y aun así ser llamativo e intimidatorio.

De pronto Antonio chasqueó los dedos y se dirigió a Gray.

—¡Tengo uno para ti! ¿Qué te parece… ¡Choque!?

En respuesta, Gray solo sacudió la cabeza.

—¿Choque Eléctrico? —propuso Jean-Paul.

Yo salté del asiento.

—¡Ya sé! —Con las manos hice un gesto como para abarcar un gran titular de una cartelera—. Falla eléctrica —dije, y miré expectante a Gray.

—¿Falla? No, no lo creo. —Gray no estaba demasiado impresionado—. Lo siento, compañeros. Ninguno tiene esa chispa que estoy buscando. —De repente abrió bien los ojos y se levantó de golpe—. ¡Ya sé! ¿Están listos? Mi nombre en clave es… *Chispas Graham.*

Yo estallé en carcajadas y Jean-Paul enseguida me siguió.

—Hombre, ¿en serio? —le pregunté a Gray—. Parece un nombre de galletas.

—Nadie va a tomarnos en serio como delincuentes si nuestro nombre es un juego de palabras —dijo Jean-Paul.

—Sip, suena como galletas para comer en la merienda después de la escuela—agregué secándome las lágrimas de los ojos mientras me recomponía.

—Yo podría conseguir sola una merienda —dijo Sheena, que estaba mirando una máquina expendedora llena de golosinas en barra y bolsas de papas fritas. Extendió las uñas y todos nos quedamos mirándola. Sus uñas eran distintas de cualesquiera que yo hubiera visto antes. Eran largas y afiladas, *peligrosamente* afiladas.

Parecían casi garras mientras las pasaba por el vidrio de la máquina expendedora.

—¿Les gustan mis nuevas extensiones de uñas? —preguntó al notar nuestra mirada fija—. Son *très chic...* y *très* afiladas.

Con el dedo índice marcó el vidrio y cortó un círculo perfecto. Metió la mano por el agujero y comenzó a sacar las golosinas una por una, mientras el resto de nosotros la observábamos impresionados. Yo no quería admitir que Sheena se estaba convirtiendo en una delincuente talentosa, pero estaba empezando a darme cuenta de que, quizás, tuviera potencial.

—Vivo para comprar, pero, en realidad, tomo lo que quiero. —Sheena giró sobre los talones y, con un ademán ostentoso, dijo—: Pueden llamarme... Ema Toma.

Esta vez los cuatro estallamos en carcajadas. Yo me reía a más no poder y ella se plantó delante de mí.

—¿¡Qué!? —dijo.

—¿En serio? Repite el nombre en clave. ¿Serás un *hematoma*?

Todo el mundo se reía cada vez más y Sheena se enojaba cada vez más. Los ojos le destellaban de ira y enseguida todos se quedaron callados..., excepto yo.

Todavía me estaba riendo cuando ella se lanzó contra mí con las uñas extendidas.

Retrocedí de un salto mientras Jean-Paul y Antonio conseguían detenerla antes de que me alcanzara. La tomaron de los brazos.

—¡Tranquila, Sheena! ¡Vas a lograr que nos expulsen a todos! —gritó Gray y se interpuso entre las dos.

Tuve una idea y se me fue dibujando una sonrisa en el rostro. Se me ocurrió qué hacer con Sheena…, algo que la Academia VILE realmente alentaría.

—Quizás deberíamos resolver esto de ladrona a ladrona —dije.

—¿Una competencia? —preguntó ella intrigada, tal como sabía que estaría.

— Si gano yo, no me molestas nunca más. Si ganas tú, seré tu esclava personal por una semana.

—Un mes —contraofertó.

Me encogí de hombros.

—Que sea un año. No pienso perder. —Me dirigí a los demás—. Vacíen los bolsillos. Necesitamos monedas. —Mientras lo hacían, le expliqué las reglas a Sheena—: Docena de la suerte. Cada una tiene seis monedas, y la primera que consiga robarle todas las monedas de los bolsillos a la otra gana el juego.

Gray repartió los conjuntos de monedas.

—Que ganen los dedos más hábiles.

Sheena y yo dábamos vueltas como los boxeadores en

un cuadrilátero. Ese no era el típico desafío de carteristas. Aunque estaba segura de ser la ladrona más hábil, sabía que a Sheena no había que tomarla a la ligera.

Saltó sobre mí y rápidamente me hice a un lado, aprovechando la oportunidad para deslizar la mano en su bolsillo. Cuando saqué la mano, tenía una moneda.

—¡Una para Oveja Negra! —dijo Gray, que llevaba el puntaje.

Sheena no perdió tiempo para volver a atacar. Fue rápida, pero, por una vez, mi tamaño más pequeño me dio ventaja. Esquivé el ataque mientras sus garras se acercaban a mi bolsillo y conseguí la segunda moneda.

—Dos para Oveja Negra.

Ella se estaba frustrando, y yo lo sabía. Sus embestidas impulsivas se volvieron descuidadas. Retrocedió unos pasos y luego dio una serie de volteretas, lanzándose contra mí como una acróbata enfurecida. Tuve que reprimir una sonrisa mientras se abalanzaba. Sus movimientos eran desordenados y desorganizados. Era justo la oportunidad que yo necesitaba.

Mientras pasaba por al lado mío, levantó la mano con un chillido triunfante. Abrió la palma y descubrió que no tenía una moneda, sino una bolita de pelusa.

—¿Pelusa? ¡Sírvete! —le dije mientras abría la mano y mostraba otras *tres* monedas que le había robado del bolsillo.

—Cinco a cero, Oveja Negra. Un punto más y gana Oveja Negra. —Gray sonaba impresionado.

Sheena acometió contra mí con toda su fuerza. Yo sabía que podía esquivar el ataque, pero no tuve en cuenta las afiladísimas uñas, brillantes como cuchillos, que ella extendió. Traté de evadirla, pero era demasiado tarde.

Me clavó las uñas en la pierna y sentí un dolor punzante. Retrocedió riéndose mientras todas mis monedas caían del bolsillo, que ella me había rasgado. Me agarré la pierna y vagamente oí que Gray me preguntaba si estaba bien. Lo ignoré. Estallaba de indignación.

—¡FALTA! —le grité a Sheena. Yo tenía la cara roja de furia. Era mi turno de descontrolarme y le salté encima.

Me estrellé contra ella, con la sangre latiéndome en los oídos. Ya no pensaba racionalmente. Lo único que sabía era que estaba furiosa; *muy* furiosa.

Las dos nos revolcábamos por el piso. Era un revoltijo de patadas y arañazos mientras cada una trataba de vencer a la otra. Aunque Sheena era mayor y más grande, yo no permitía que eso me asustara. Peleaba con toda mi fuerza y lo más rápido que podía.

De pronto, sentí unos brazos firmes en los hombros, que me tiraban hacia atrás. Jean-Paul estaba separándome de Sheena, y Antonio estaba haciéndole lo mismo a ella.

Pero Sheena no iba a dejar que la pelea terminara tan fácilmente.

—¡Te voy a sacar a pastar, ovejita, te voy a destruir! —gruñía mientras luchaba para que los compañeros de clase la soltaran.

—Tranquila, tigresa —le dijo Gray con los dientes apretados mientras ayudaba a sacarla a rastras.

De pronto, Sheena se quedó en silencio e inclinó la cabeza hacia él con una sonrisa.

—¿Qué pasa? —preguntó Gray confundido.

—¡Ya sé! Ese es mi nombre en clave. De ahora en adelante, soy... *Tigresa*. Todos nos quedamos callados... Ese sí que era un buen nombre en clave para ella.

Sheena había encontrado su nombre en clave perfecto y, después de eso, no tardaron mucho los demás en encontrar el suyo.

Gray dejó a un lado Graham y se convirtió en *Chispas,* el agente que se destacaba por manipular la electricidad.

Jean-Paul quería ser *Le Chèvre.* El nombre era ideal, significaba "la cabra" en francés, y él era un delincuente capaz de escalar cualquier altura con facilidad, igual que una cabra montañesa.

Y el mejor amigo de Jean-Paul, Antonio, pasó a ser el *Topo.* Mientras que Le Chèvre era un maestro de las alturas, el Topo era un maestro bajo tierra. Si uno necesitaba un delincuente que pudiera excavar una red de túneles en un minuto, ese era el Topo.

El estudiante callado que había luchado con Sheena en la clase de la entrenadora Brunt apareció no solo con un nombre en clave, sino con toda una apariencia nueva. Empezó a pintarse la cara y a vestirse como mimo, con una camisa a rayas y una boina. A todos nos parecía extraño, pero, por otro lado, él también era extraño.

Para que nosotros lo llamáramos por su nombre en clave, una tarde nos lo enseñó señalándose repetidas veces a sí mismo y luego haciendo la mímica de una gran explosión.

—¿Mimo… Bomba? —supuse. Él asintió con entusiasmo y yo me reí—. Muy bien. Será Mimo Bomba. —No sabíamos con certeza qué especialidad delictiva tenía Mimo Bomba, pero él parecía sentirse seguro y feliz con su nueva y mejorada identidad. Además, nosotros pensábamos que era tan excéntrico que a ninguno se le ocurriría preguntar.

Cuando todos los de la clase habían elegido su nombre, quisieron saber el mío.

—¿Y tú, Oveja Negra? —dijo Le Chèvre. Nunca me había pasado por la cabeza la idea de llamarme de otra manera. Yo era Oveja Negra. Así que les dije lo que ya le había dicho ese año a Gray:

—Yo soy Oveja Negra. Siempre lo he sido. Y siempre lo seré.

CAPÍTULO SEIS

E N UN ABRIR Y CERRAR DE OJOS, EL AÑO ESCOLAR
casi estaba terminando. El tiempo había volado,
y, mientras tanto, habíamos formado vínculos que
pensé que nunca se romperían. A Jean-Paul y a Antonio,
que ya eran casi exclusivamente Le Chèvre y el Topo,
rara vez se los veía separados. Gray era como un hermano
mayor para mí. Nunca perdía una oportunidad de estudiar conmigo y con frecuencia venía a mí por consejos
sobre prestidigitación.

A medida que pasaban las semanas, veía a mis compañeros de clase desarrollar y mejorar sus técnicas. Ya no
éramos solo torpes aspirantes a delincuentes. La Academia
VILE había logrado moldearnos para que fuéramos algo
más; algo *más grande*. A cada uno de nosotros nos forma-
ron para que fuéramos delincuentes expertos por nuestros
propios méritos.

Después de haber elegido nuestro nombre en clave,
empezamos a adquirir nuestro uniforme personal de

trabajo, las prendas que usaríamos durante las misiones en el campo. Yo había conseguido mi atuendo de camuflaje. Era un mono negro azabache que me daba una sensación fresca y suave sobre la piel. Brunt me dijo que me permitiría deslizarme fácilmente incluso en lugares de máxima seguridad, un camuflaje perfecto para luz nocturna. Me sentía muy bien vestida así, como si pudiera robar la *Mona Lisa* en un instante. Todavía no sabía lo que los demás habían elegido como uniforme de trabajo, pero tenía la sensación de que pronto me enteraría.

Y también estaba el Jugador, mi amigo durante todo ese tiempo. Lo llamaba desde el escondite del techo siempre que podía, teniendo mucho cuidado de que no me vieran ni oyeran. Le contaba entusiasmada lo que había sucedido en la semana…, aunque siempre mantenía en secreto los detalles de las lecciones y las clases. Todavía no le había dicho que iba a una escuela para delincuentes. Después de todo, no tenía idea de cómo reaccionaría al oír una noticia como esa, teniendo en cuenta su código de *hacker* de sombrero blanco, de hacer solo el bien y todo eso.

En cambio, trataba de hacer todo lo posible para que él me contara cosas acerca del mundo exterior. Me había descrito con detalles su vida en Canadá, desde las personas amistosas hasta el frío intenso de la época de invierno. Su familia no tenía suficiente dinero para viajar, pero, desde su habitación, con todas sus computadoras, él podía ver el mundo entero de una manera única y personal.

—¡Por supuesto que quiero ver el mundo! —me dijo entusiasmado cuando un día se lo pregunté—. Yo deseo con toda el alma viajar por todas partes, igual que lo deseas tú.

—¿De verdad? —le dije, emocionada de que alguien más compartiera mi interés—. ¿A qué lugar del mundo te gustaría ir?

—Bueno…, hay unos maravillosos cafés para videojugadores en Japón. ¡O iría a torneos de videojuegos en Corea del Sur! O a las salas de juegos en…

—Ya veo cuál es el tema, Jugador —le dije con una sonrisa.

—Bueno, me gusta jugar a los videojuegos —admitió—. Pero igual quiero llenar mi pasaporte de sellos algún día.

Estaba escondida en el techo, con el rezón improvisado a mi lado. Era una hermosa noche de primavera. Una suave brisa agitaba las palmeras, y las estrellas iluminaban el cielo sobre el agua.

—Todo lo que tengo que hacer —le dije— es aprobar mis exámenes finales mañana. Y después, ¡bum!: el día de la graduación.

—¡Sé que lo lograrás!

—Te agradezco tu fe en mí —le dije sonriendo por

su entusiasmo —, pero estos exámenes no van a ser fáciles. Nos van a poner a prueba más que nunca.

—Sé exactamente lo que quieres decir. A mi mamá una vez se le ocurrió el examen de álgebra peor del mundo. ¡Ni siquiera me permitió usar calculadora!

—Sip..., es algo así.

Estoy preparada, me dije esa noche mientras trataba de dormir. Era la mejor atracadora de la isla. Cualesquiera fueran las pruebas que el claustro tramara para nosotros, podría manejarlas.

EL PRIMER EXAMEN FUE EL DE LA DOCTORA BELLUM. FUI a la clase y vi un escenario conocido: una enorme red de láseres que abarcaba la totalidad del salón. Los murmullos se multiplicaban entre los estudiantes cuando se encontraron con los rayos láser que se entrecruzaban en cualquier dirección. Algunos hasta estaban girando.

Gray inspeccionaba la escena con orgullo.

—Parece que Bellum le está dando buen uso a tu invención —le dije. Él sonrió tímidamente.

—Cuando estén trabajando —dijo la doctora Bellum— pueden encontrarse con una red de seguridad láser como esta. Para su examen final, tendrán que pasar por este campo de láseres sin tocar ninguno. Atraviesen la red y tomen una de las bandoleras que están en el fondo del salón sin ser detectados por las alarmas de seguridad. Recuerden: la ciencia y las ideas brillantes son sus verdaderas amigas. ¡Ahora…, adelante!

Le Chèvre fue el primero. Puso atención a la red de láseres con una expresión de aburrimiento en la cara. Luego fue saltando por las paredes esquivando por poco los láseres que se interponían en su camino hasta llegar al conducto de ventilación del cielorraso. Retiró del marco la rejilla de metal y se arrastró dentro del hueco de salida de aire.

—¿Se le permite hacer eso? —preguntó Gray, asombrado.

Le Chèvre desapareció por completo de nuestra vista, pero lo oíamos andar por encima del salón, y el cielorraso se sacudía. Unos momentos después, se salió un panel del cielorraso del fondo del salón y Le Chèvre bajó con mucha calma. Se sacudió el polvo y tomó su bandolera.

Sheena fue la siguiente. *Ahora le toca a la Tigresa,* me dije poniendo los ojos en blanco mientras la miraba. La Tigresa decidió hacerlo de otra manera y poner en práctica sus habilidades acrobáticas. Por una vez sus volteretas no fueron solo para exhibirse: brincó entre los láseres, rodando entre dos y con una serie de saltos mortales entre los demás. Aunque era bastante ridícula la escena, consiguió atravesar el campo con facilidad y esquivar todos los láseres.

—¡Oveja Negra! ¡Tu turno! —vociferó Bellum—. Me adelanté y rocé apenas a la Tigresa mientras pasaba. Me quedé con un pequeño espejo de cartera en la mano, que sabía que ella llevaba siempre en el bolsillo. Abrí la tapa.

—¡Eh! ¡Eso es mío! —gritó enojada la Tigresa cuando vio lo que yo tenía.

—No te preocupes, voy a devolvértelo en un minuto. Realmente, no es de mi estilo —le dije.

Fui directo hacia el primer grupo de láseres. De reojo, vi que Bellum se inclinaba hacia adelante, prestando atención a lo que yo haría a continuación.

Con mucho cuidado puse el espejo en la trayectoria del primer láser, para que el rayo se reflejara sobre él y se desviara de mí y se desorientaran los sensores de la alarma. Atravesé la red moviendo con rapidez el espejo para redireccionar cada láser a medida que avanzaba. *Con seguridad, esto supera un examen de álgebra,* pensé.

En un instante, había atravesado la red y recogí una de las bandoleras que me estaban esperando.

—Oveja Negra aprueba y, *además,* obtiene créditos adicionales por un robo exitoso —anunció Bellum. La Tigresa frunció el ceño enojada y yo le lancé el espejo, pero oí que Gray aplaudía del otro lado del salón y no pude esconder una sonrisa.

Gray fue el siguiente. Observó los láseres que bloqueaban su camino. En lugar de dar un paso hacia la red, sacó un bolígrafo del bolsillo y lo arrojó en dirección al panel de control que estaba al costado de la pared. Este penetró en la instalación eléctrica. El panel chisporroteó, soltó humo y estalló en llamas. Los láseres se desactivaron y desaparecieron por completo. Vlad y Boris detectaron el fuego desde el pasillo y corrieron a buscar un extintor.

Gray caminó como si nada por el salón y tomó una bandolera. La doctora Bellum, por supuesto, estaba emocionada con este resultado.

—¡Excelente! —gritó—. ¡Superexcelente!

Uno menos, quedaban cuatro. Hasta ese momento, los exámenes habían tenido un gran comienzo.

Una hora después, nos reunimos en el gimnasio de la entrenadora Brunt.

—Bueno, compañeros, esto tiene que salir bien —dijo Gray cuando entró. Yo estuve de acuerdo.

Delante de nosotros estaba lo que parecía un cuadrilátero de boxeo. Estaba ubicado en el centro del gimnasio, con gruesas cuerdas alrededor y postes acolchados en cada esquina.

La entrenadora Brunt se dirigió al frente del gimnasio a grandes y estruendosos pasos.

—Hoy veremos cuánto han aprendido este año. Así que prepárense para impresionarme. —Oí a alguien que tragaba saliva detrás de mí—. Cuando estén en el campo, tendrán que evadir a toda clase de autoridades, desde los policías de siempre hasta las organizaciones internacionales de lucha contra el delito, como Interpol. —La expresión de la entrenadora Brunt se ensombreció—. Recuerden: los agentes de VILE *no* deben, en ninguna circunstancia, ser atrapados. Somos una organización fantasma, y nuestra meta es mantenerla así. ¿Soy clara?

Todos asentimos. Ella parecía conforme.

—Para representar el papel de las autoridades, hoy vendrán unos *amigos* míos. Se los envía la doctora Bellum.

La entrenadora Brunt sacó un control remoto del bolsillo y pulsó unos botones con sus grandes dedos. Segundos después, empezó a sonar un zumbido detrás de nosotros. Sheena aulló sorprendida y yo seguí su mirada.

Uno a uno iban ingresando en el gimnasio desgarbados y anaranjados autómatas con forma humana que rodaban hacia nosotros. Parecían muñecos para pruebas de impacto convertidos en máquinas. Esos autómatas tenían la mecánica de última generación de la doctora Bellum, pero parecían funcionar con el tipo de fuerza bruta por el que ya todos conocíamos a la entrenadora Brunt. Se trasladaban sobre ruedas mientras sus brazos metálicos se balanceaban para adelante y para atrás a sus costados. Sonreí entusiasmada por lo que nos esperaba.

—Hoy, cada uno de ustedes será un ladrón que huye de las autoridades. Estos robots —me gusta llamarlos *roboamigos*— están programados para tratar de atraparlos a toda costa. Ustedes deben evadirlos y mantenerlos ocupados hasta que suene la señal. Apliquen sus conocimientos de defensa personal. Si ellos los atrapan, termina el juego.

—¡Ah, pero esto será *refácil*! —dijo la Tigresa. Extendió sus garras mientras observaba a los robots con los ojos entrecerrados.

—Pueden usar cualquier destreza de la que dispongan. Pero recuerden sus lecciones antes que nada: eso será lo que les salvará el pellejo. ¿Quién quiere ser el primero? —La Tigresa levantó la mano de inmediato—. Muy bien, Tigresa. Averigüemos si te has ganado ese nombre en clave. Tu tiempo empieza… ¡ahora!

Brunt presionó un botón del control remoto. El autómata que estaba en el cuadrilátero levantó la vista, repentinamente alerta. Era extraño ver esas reacciones casi humanas en algo que parecía un tonto muñeco de pruebas.

"¡Deténgase! ¡Ladrona!", gritó el autómata con voz digital que, sorprendentemente, sonaba como la de Boris. Salió tras la Tigresa con sus grandes brazos estirados. El robot era mucho más rápido de lo que yo había supuesto, y la Tigresa parecía estar pensando lo mismo. Ella trató de saltar para escaparse, haciendo esa típica serie de volteretas, pero el robot consiguió agarrarla de la muñeca antes de que ella pudiera salirse de su camino. Mientras sujetaba a la Tigresa, el robot sacó un par de esposas.

—¿En serio va a perder? —preguntó Le Chèvre al lado mío. Yo me preguntaba lo mismo.

Como respondiendo a nuestra pregunta, la Tigresa revoleó la pierna y pateó al robot, se liberó la muñeca y consiguió saltar hacia atrás antes de que la esposara. Parecía toda una felina furiosa. Debí haber sabido que ella tenía uno o dos trucos bajo la manga.

El robot se dio vuelta para poder verla de nuevo, pero la Tigresa fue más rápida esa vez. Lo atacó con las garras, y el autómata se tambaleó hacia atrás. Le quedaron largas marcas en el pecho, en el lugar donde ella lo había arañado. Y sonó un fuerte *¡piip!* de la señal.

La Tigresa se reunió con nosotros pavoneándose, con una expresión de orgullo en la cara.

—Ahora le toca… ¡al Topo!

Le Chèvre le dio una palmada en el hombro al Topo mientras este se dirigía al cuadrilátero.

—Tú puedes, *mon ami.*

Me llamaron la atención las manos del Topo y vi que usaba gruesos guantes de metal con la punta de los dedos afilada. *Esos guantes son para cavar* —advertí—. *Deben de ser parte de su nuevo uniforme de trabajo.*

—¿Para qué le servirá eso? No creo que pueda excavar en el cuadrilátero —dijo Gray. Él también había notado el flamante accesorio del Topo.

—Lo subestimas —le contestó Le Chèvre confiado.

El Topo esquivó con facilidad los intentos del robot de sujetarlo mientras gritaba y gritaba "¡Deténgase! ¡Ladrón!". Luego, con un rápido golpe de la mano enchapada, hizo volar hacia atrás al autómata. Cayó de espaldas, incapaz de levantarse, como una tortuga apoyada sobre el caparazón. La doctora Bellum había hecho un trabajo magistral al diseñar los robots, pero no estaban construidos para soportar semejante golpe. Sonó la señal y Brunt dio su aprobación.

—Nada mal, nada mal —dijo mientras arrastraba con su musculosa mano al maltrecho robot fuera del cuadrilátero.

—¡Pensé que solo íbamos a escapar de los robots, no a atacarlos! —le dije a Gray mientras el Topo volvía a reunirse con nosotros.

—Hizo el trabajo, ¿no? —respondió Gray encogiéndose de hombros.

Había llegado mi turno. Me ubiqué en el cuadrilátero e inmediatamente me di cuenta de qué pequeña era comparada con mi adversario.

—Ey…, ¡hola! —le dije mientras el robot ocupaba su lugar en el extremo opuesto a mí.

Pude ver a Brunt observando con atención desde el otro lado del gimnasio. Me hizo un gesto tranquilizador con la cabeza y yo le guiñé el ojo a modo de respuesta. Me estaba enardeciendo. Estaba ansiosa por demostrarle que estaba lista para salir al campo como agente de VILE.

Sonó la señal y el robot corrió hacia mí. Gritó con voz de Boris "¡Queda arrestada!". "Deténgase en nombre de la ley!".

Para esquivar cada embestida y balanceo de los brazos del autómata, yo corría por el cuadrilátero cambiando constantemente de dirección. Parecía que él se desesperaba más y más con cada minuto que pasaba sin poder atraparme. Venía zumbando hacia mí con una fuerza sorprendente.

Yo, en realidad, me reía mientras lo evadía y eludía sus intentos de sujetarme. Salté a la cuerda que rodeaba el cuadrilátero y caminé por ella como una equilibrista, fuera del alcance del movedizo robot.

¡PIIIP!

Junto con el fuerte sonido de la alarma, pude oír que la entrenadora Brunt aplaudía con entusiasmo.

—¡Así se hace, Corderito!

Esa tarde, me dirigí al salón de clases de la condesa Cleo y la encontré sentada al lado de un hermoso cuadro al óleo. La pintura era de una joven que le devolvía la mirada al espectador con una expresión misteriosa en la cara. La reconocí inmediatamente como *La joven de la perla,* del pintor holandés Joahnnes Vermeer. Era una de las pinturas más famosas del mundo, y yo me sentía cautivada por su belleza. Por un momento, olvidé el examen. Si la pintura era una falsificación, era una muy buena.

El Topo dijo en voz alta lo que todos nos estábamos preguntando.

—Es falsa, ¿verdad? No puede ser *La joven de la perla* verdadera.

Por otro lado, estábamos en la isla Vile, en una escuela para atracadores. Cualquier cosa era posible.

Cleo se dirigió a nosotros con un gesto para que hiciéramos silencio.

—Hoy, para el examen final…, trabajarán en equipo.

Toda la clase se quejó en voz alta. ¿Un proyecto de grupo? Yo los *detestaba.* ¿Cómo se suponía que iba a destacarme y a demostrar que era la mejor ladrona si tenía que trabajar con otros?

Cleo palmoteó para que nos calláramos.

—Este será un simulacro de robo de una obra de arte. Cada uno de ustedes desempeñará un papel diferente para robar esta pintura. Yo les daré información sobre un museo falso en el que haremos de cuenta que se exhibe la obra, así como sobre los alrededores. Ustedes deben decidir, en equipo, cómo sacarán la pintura del museo, la reemplazarán con una falsificación y lograrán llevarla a la isla Vile. También les iré poniendo, digamos…, *obstáculos* en el camino.

—¿Qué clase de obstáculos? —pregunté.

La condesa Cleo me lanzó una mirada irritada.

—Si se lo digo, arruinaría la sorpresa. Esperaba que después de un año en mi clase, habría aprendido a ser menos molesta, Oveja Negra. —Hice una mueca de disgusto cuando la Tigresa se rio de manera desagradable detrás de mí. La condesa Cleo continuó—: Es importante que piensen sobre la marcha mientras actúan como agentes y que trabajen en equipo si van a robar una obra tan rara y bella como esta. Habrá un premio para el equipo que sea capaz de llevar a cabo el hurto con la mayor creatividad, destreza y velocidad.

La condesa Cleo nos dividió en grupos. Yo estaba con Gray, Le Chèvre, la Tigresa y Mimo Bomba. Estaba segura de que Cleo me había puesto con la Tigresa a propósito, para complicarme la vida. Y no tenía dudas de que la Tigresa sentía lo mismo respecto de mí.

—Muy bien, ustedes dos —dijo Gray anticipando problemas—, hagámoslo bien y saquémonos esto de encima.

—No me mires a mí —chilló la Tigresa—. Me portaré de lo mejor. Solo asegúrate de que la señorita Molesta no nos haga perder puntos.

La condesa Cleo repartió a cada grupo un manojo de papeles que contenían mapas del museo para hacer nuestro robo ficticio. Tenían todo lo que necesitábamos saber para planear nuestro gran atraco.

Sheena trató de hacer oídos sordos a todas mis sugerencias, pero el plan pronto comenzó a tomar forma y, al final, conseguimos diseñar un robo que sabía que la condesa Cleo aprobaría.

Para el simulacro de robo, la Tigresa insistió en ser la que hurtara la pintura, asegurando que sus habilidades para las volteretas y como ladrona de tiendas la hacían la persona indicada para obtener el botín. Gray se ocuparía de desactivar las alarmas cortando la electricidad. Le Chèvre escaparía por los techos con la pintura, eludiendo a cualquier autoridad que estuviera en la calle. Yo le sacaría del bolsillo la tarjeta de acceso al guardia de seguridad, lo que me permitiría desactivar las cintas de vigilancia. Solo faltaba un eslabón en la cadena...

—¿Y qué hará Mimo Bomba? —pregunté al final.

—Puede distraer a la policía con un juego de mímica —dijo la Tigresa.

—En serio. ¿Qué *puede* hacer?

El grupo se quedó en silencio reflexionando sobre esto. Yo sentí un par de ojos clavados en mí, me di vuelta y vi a Mimo Bomba haciendo muecas.

Miraba alrededor y después se señalaba repetidamente las orejas.

—¿Ojos y oídos? —pregunté.

—Oh, genial, es justo lo que necesitábamos durante nuestro *examen final* —se quejó la Tigresa.

Mimo Bomba hacía gestos hacia los estudiantes reunidos y se señalaba los ojos y las orejas una y otra vez. Por fin entendí.

—Está diciendo que puede ver y oír todo. ¡El centinela! Mimo Bomba puede ser nuestros ojos y nuestros oídos en el museo. —Mimo Bomba saltaba de un lado a otro y aplaudía por mi deducción, y después levantó el pulgar en señal de aprobación. Claramente, yo había acertado, y decidimos que Mimo Bomba nos advertiría con la luz de una linterna desde su lugar de vigilancia si algo resultaba mal.

—Me alegro de que todo esté organizado —dijo Gray secamente.

A decir verdad, la condesa Cleo agregó varios obstáculos

para hacer más interesante nuestro hurto imaginario. Nos avisó que las "autoridades" nos habían seguido hasta el tren en que íbamos a escapar. Yo estudié los mapas y cambié de ruta para que nos dirigiéramos a un aeródromo cercano. Momentos después, Cleo anunció que había una lluvia torrencial que amenazaba con destruir la preciada pintura que habíamos robado, así que encontré una red de túneles subterráneos por los que podríamos llevar la pintura y que servirían para mantenerla seca y a la vez escondida.

—El Topo estaría orgulloso de esta idea —dijo Le Chèvre con una sonrisa cuando le expliqué cuál era la solución.

A pesar del hecho de que estábamos en medio de un examen, me estaba divirtiendo mucho. El robo ficticio me parecía más bien un juego complejo, y era un juego que quería *ganar*.

Cuando la condesa Cleo anunció al final del examen cuál era el grupo ganador, nos alegramos de oír nuestro nombre. Luego le entregó un delicado abrecartas adornado con piedras preciosas a cada miembro de nuestro grupo.

—¿Un abrecartas? Uy…, gracias, condesa Cleo. —Gray inspeccionaba el regalo con expresión de desconcierto en la cara.

Cleo resopló.

—Estos no son abrecartas cualesquiera. Estas son algunas de las mejores ganzúas del mundo. *Y* las más modernas.

—¡Genial! —exclamó la Tigresa, dando vuelta a la ganzúa para que brillara bajo la luz.

Cleo estaba por darme mi ganzúa cuando, de repente, cambió de opinión y la dejó a un lado.

—Para usted, Oveja Negra, tengo algo diferente.

—Me entusiasmé, esperando mi premio. *Con seguridad, me dará algo especial por resolver todos esos obstáculos,* pensé. Pero, para mi desaliento, me dio un libro pequeño. Leí el título: *Miss Etiqueta... Modos y modales para la vida moderna,* y fruncí el ceño.

—Tal vez le haga bien, Oveja Negra.

Suspiré y me guardé el libro en el bolsillo. *Tal vez lo use si alguna vez necesito encender fuego,* pensé.

No teníamos idea de lo que nos esperaba cuando íbamos al examen del profesor Maelstrom. Durante el año escolar, sus clases habían estado llenas de impredecibles rarezas y de momentos brillantes.

Las semanas previas a los exámenes, estudiamos y practicamos todas y cada una de las materias; sin embargo, nos dimos cuenta de que para la clase de Maelstrom no había mucho que pudiéramos preparar. ¿Cómo se prepara uno para lo inesperado?

Entré en su salón de clases y vi docenas de pedestales acomodados en prolijas hileras por todo el piso. Sobre cada pedestal, había objetos de todas formas y tamaños. Encima de uno había una gran roca volcánica negra; otro tenía una diminuta perla. Otro tenía un reloj de oro; en un cuarto había una pluma fuente. No había dos iguales.

Fuimos entrando en fila despacio en el salón. Traté de adivinar qué nos tenía preparado Maelstrom. ¿Íbamos a robar los objetos? ¿A hacer falsificaciones de ellos?

Él parecía contento cuando se sentó a su escritorio.

—En nuestra primera clase —comenzó despacio— les enseñé a dar gato por liebre. Reemplazar un objeto con éxito, como saben, funciona solo cuando una cosa se sustituye por otra de igual peso y tamaño. —Se puso de pie y señaló los pedestales—. Cada artículo de estos tiene su par. Cuando yo diga "ya", deben agarrar un artículo y cambiarlo por el que coincide en peso. Los pedestales están equipados con sensores. Si se equivocan: *¡ZZZZZ!* ¡Me temo que tendrán un buen *choque*! —Sonrió con malicia—. ¡Mejor agarran el correcto antes de que otro lo tome!

—¿Quiere decir que no lo haremos de a uno a la vez? —pregunté.

—¡Por supuesto que no! ¿Qué gracia tendría?

Miré a mis compañeros. Parecía que estaban calentando para una carrera. La Tigresa estaba lista para abalanzarse. Hasta Mimo Bomba estaba flexionando las manos.

En cuanto a mí, examiné los objetos de los pedestales lo más rápido posible. Si podía divisar enseguida dos objetos que coincidieran, podría reemplazarlos inmediatamente antes de que otros los tomaran.

El problema era que todos los objetos parecían tan diferentes que era difícil saber cuál era el par correcto. Vi un globo de nieve que tenía una Torre Eiffel en miniatura dentro. Cuanto más lo examinaba, más parecía tener el tamaño de una de mis muñecas rusas (y yo sabía cuál era exactamente su peso y cómo se sentía al tocarla).

Traté de distinguir rápido el objeto que coincidiera en peso y mi vista se detuvo en un cuaderno con tapa de cuero. Saqué el libro *Miss Etiqueta,* que me había dado Cleo, y lo sostuve en la mano. Sentí que tenía el mismo peso que mi muñeca rusa, y el cuaderno del pedestal y el libro de Cleo parecían casi idénticos.

Maelstrom hizo sonar una sirena que era tan fuerte que se sacudieron las paredes del salón de clases. Y allá fuimos.

Era una carrera loca por agarrar los objetos de los pedestales. Nadie había pensado en ir por el globo de nieve, así que lo tomé con rapidez.

Fui a buscar el cuaderno del lugar donde estaba, pero

una mano con garras se lo apropió justo delante de mis ojos. Me di vuelta y vi a la Tigresa agitándolo.

—¿Buscas esto, nenita?

La Tigresa sacó un candelero de un pedestal y apoyó el cuaderno en ese sitio. *Esos no son iguales,* pensé. Y tenía razón.

—¡Ayyy! —chilló la Tigresa, y saltó hacia atrás mientras sonaba una alarma, seguida por el chisporroteo de un choque eléctrico. El pelo rubio se le puso de punta.

Mientras se tambaleaba y trataba de recuperar el equilibrio, aproveché su momento de distracción para agarrar el cuaderno.

—¡Gracias por esto! —le dije sonriendo.

Me apuré a reemplazar el globo de nieve por el cuaderno, retrocediendo lo más rápido posible, por las dudas. Para mi alivio, el pedestal hizo un agradable sonido *¡pin!,* y en la plataforma brilló una luz de color azul claro.

—¡Qué bien, Oveja Negra! —me dijo Gray con una sonrisa. Su pedestal también tenía un resplandor azulado. Había cambiado la roca negra por un guante de béisbol y había acertado.

A medida que los estudiantes emparejaban los objetos correctamente, los pedestales, uno por uno, se iban encendiendo de azul. Aunque yo deseaba que la Tigresa fallara, al final encontró el par correcto al reemplazar una diminuta perla por uno de los gemelos de Maelstrom.

El profesor aplaudió despacio.

—Nada mal, nada mal… —dijo. Se abrieron las puertas y entraron Vlad y Boris, llevando fuentes con gusanos movedizos.

—¡Puaj, qué asqueroso! —dijo la Tigresa mientras se tapaba la nariz. Muchos de los otros estudiantes hicieron lo mismo.

—¿No recuerdan? ¡Ustedes lograron hacer el reemplazo; ahora les toca la sorpresa! —y se rio a carcajadas.

Puse los ojos en blanco.

—Este chiste ya es viejo…

Por fin, era hora del último examen.

Estábamos sentados en la clase de Shadowsan, con los pies descalzos cruzados sobre los tapetes. Después de la locura de los cuatro exámenes anteriores, sabíamos que podíamos superar cualquier cosa que Shadowsan tuviera planeada.

—¿Qué creen que tendremos que hacer esta vez? —preguntó el Topo. Estaba mirando a su alrededor en busca de una señal de alguna complicada instalación como las que habíamos visto en los otros salones de clases.

Hasta lo que yo podía decir, todo parecía normal.

En el frente del salón, Shadowsan levantó la mirada de una tablilla sujetapapeles con expresión agria.

—Para el primer examen, llamo a la Tigresa.

—¡Tengo todo controlado! —dijo la Tigresa, arrogante. Le había agregado a su uniforme de trabajo un par de gafas de protección, que llevaba sobre la cabeza y resaltaban sus características felinas. Se las bajó hasta los ojos mientras iba a reunirse con Shadowsan y caminaba haciendo un audible clic clac sobre el piso. Todo el mundo dirigió la mirada hacia sus pies. Mientras que el resto de nosotros nos habíamos sacado los zapatos, la Tigresa llevaba un par de tacones, otro elemento nuevo en su vestimenta. Debían de tener al menos tres pulgadas de alto. Estaba violando las reglas del salón de clases y ni siquiera trataba de disimularlo.

—Eso le va a costar —le susurré a Gray.

Simulé no darme cuenta cuando se detuvo a aplastar una oveja de origami con el talón mientras caminaba.

—En algún lugar de mi impermeable —dijo Shadowsan mientras se ponía una gabardina negra— hay un billete de un dólar. El impermeable tiene muchos bolsillos. —Nos observó detenidamente a todos, pero sentí que la mirada que me dio a mí fue más larga que la de los demás—. Localice el objetivo y obténgalo…, si puede. —Sacó un cronómetro y lo puso sobre el escritorio—. Tiene dos minutos.

Oí a mi lado la carcajada de Gray.

—¿Dos minutos completos? ¿¿Si puede??

La prueba era muy sencilla. Comparada con los exámenes que habíamos tenido recientemente, casi parecía *demasiado* sencilla. ¿Dónde quedaban los robots o los láseres? ¿De verdad solo teníamos que robar un billete de un dólar de una gabardina?

Shadowsan puso en marcha el cronómetro.

La Tigresa estaba lista para el desafío. Dio vueltas por alrededor de Shadowsan como un gato que ronda a su presa. De repente, se lanzó contra él como rayo. Casi sin ningún movimiento, Shadowsan la sujetó por la muñeca antes de que ella pudiera llegar a su impermeable. La Tigresa bufó, se retiró y se dispuso a intentarlo de nuevo.

Una vez más se abalanzó contra Shadowsan, y una vez más él la sujetó por la muñeca antes de que ella tocara el impermeable. Podría decir que la Tigresa se estaba frustrando. Me incliné hacia adelante en el tapete y noté que mis compañeros de clase hacían lo mismo. *¿Perderá la calma la Tigresa?* —me pregunté.

Ella arremetió por tercera vez…, ¡pero fue un engaño! Esquivó la mano de Shadowsan. Inmediatamente llegó al jardín zen japonés que estaba cerca y lleno hasta el tope de arena. Antes de que el profesor se diera cuenta de lo que estaba por hacer, estiró el brazo y agarró un puñado de arena. Con una sonrisa solapada, le arrojó la arena directo a la cara de Shadowsan. Oí resoplar a Gray mientras el profesor se tambaleaba hacia atrás, con las manos pegadas a los ojos. La Tigresa aprovechó la oportunidad. Sus largas garras surcaron el aire y arañaron el impermeable del instructor.

Un profundo silencio invadió el salón. Por un instante, todo parecía detenido en el tiempo.

Y luego el impermeable cayó al piso hecho jirones, destrozado por las garras de la Tigresa.

Ella caminó como si nada por entre las tiras del impermeable y recogió el billete de un dólar de entre los restos.

—¿Busca esto? —le preguntó a Shadowsan con sonrisa victoriosa.

Me dirigí a Gray:

—No hay manera de que Shadowsan la apruebe. Tiene que considerarlo una falta. —Gray estuvo de acuerdo.

—Una técnica poco ortodoxa —dijo Shadowsan con expresión agria mientras se limpiaba los granos de arena de la cara. Contuve una sonrisa, sabiendo que en cualquier momento anunciaría que ella había desaprobado. Pero, para mi sorpresa, le hizo una reverencia—. Pero excelentes resultados.

Me quedé boquiabierta y miré a Gray indignada.

—¡No lo puedo creer! ¡Shadowsan está haciendo favoritismo!

—Oveja Negra, usted es la siguiente —se oyó la voz de Shadowsan desde el frente del salón. Respiré profundamente para calmarme y fui a enfrentarme a él. *Se lo demostraré.*

Shadowsan se puso otra gabardina. Esa no estaba rota por la Tigresa. Volvió a poner en marcha el cronómetro.

Respiré profundo otra vez para equilibrarme. No había manera de que pudiera superar esa prueba si permitía que la ira me dominara. Me concentré en mi entrenamiento e hice todo lo posible por aclararme la mente. Esa era mi oportunidad de demostrar que ya no era una niña imprudente: era una ladrona hábil y estaba preparada para graduarme de la Academia VILE.

Con calma y agilidad, ataqué el impermeable. Pude deslizar la mano dentro de uno de los bolsillos en el primer intento, evitando que Shadowsan me sujetara, pero la mano salió vacía. *Está bien,* pensé, tomando nota mentalmente de cuál era el bolsillo que no tenía el billete de un dólar.

Ataqué el impermeable por segunda vez, pero Shadowsan me sujetó del brazo. Aun mientras tironeaba hacia atrás me las arreglé para deslizar la otra mano en uno de los bolsillos. De nuevo la saqué vacía.

No pierdas la calma, no pierdas la calma, me dije. Sentía

que el resto de la clase me estaba observando. De reojo, vi que Gray asentía alentador. *Concéntrate,* me dije.

Una y otra vez traté de hallar el dólar, pero no tuve éxito. Oía el tictac del cronómetro mientras embestía y me precipitaba a Shadowsan. Parecía que sonaba más y más fuerte a cada instante que pasaba. Debo de haber metido la mano en una docena de bolsillos o más, pero siempre salía vacía. A cada embestida, Shadowsan se defendía de manera más violenta. Al principio, simplemente esquivaba mis intentos de llegar al impermeable, pero pronto empezó a avanzar hacia mí, y me obligaba a retroceder. Casi me tropiezo con mis propios pies cuando se me abalanzó y conseguí mantener el equilibrio apenas en el último segundo.

¡PIIP!

Sonó el cronómetro.

Me quedé paralizada. No podía creer que había fallado: ¡no podía ser! Miré fijo a Shadowsan, que tan solo me devolvió la mirada con una expresión fría llena de… ¿decepción?, ¿odio? No era fácil adivinarlo, pero, definitivamente, no era algo bueno.

—Se acabó su tiempo, Oveja Negra. Tome asiento.

Hice un esfuerzo para que las piernas me respondieran y volví despacio a mi lugar, sintiéndome entumecida. Traté de ignorar los murmullos de los demás estudiantes, pero las risas de la Tigresa me martillaron los oídos.

—Revisé todos los bolsillos —le dije a Gray mientras horas después íbamos caminando por los pasillos. Era la única que había desaprobado el examen de Shadowsan y estaba conmocionada—. ¡*Sé* que revisé todos los bolsillos! Si había un dólar en ellos, no pude encontrarlo. —Aunque había aprobado con honores todos los demás exámenes, mi desempeño en la clase de Shadowsan me arruinó.

—Entonces se te quedó atragantado el examen —dijo Gray con humor—. Es probable que solo fueran los nervios. No te preocupes. No hay manera de que eso afecte tu graduación. Eres la mejor carterista de la clase. Totalmente fuera de serie.

—¿Tú lo crees? —Se dio una palmadita en el pecho.

—Lo sé.

Por un segundo me sentí mejor y le hice una sonrisa agradecida.

Por el pasillo se iba acercando un clic clac conocido, y enseguida estaba la Tigresa a nuestro lado.

—Deberías elegir un par de zapatos diferente si no quieres que te atrapen cuando estás en un robo —le dije—. La policía te oirá llegar desde una milla de distancia.

—En realidad, resulta que no es necesario que sacrifique la moda por el trabajo. Estos zapatos son un arma maléfica —dijo elevando el pie y dirigiéndolo en arco hacia mí con la rapidez de un rayo. Yo no me moví. Se oyó un fuerte *crash* cuando el puntiagudo tacón se enterró en la pared, a pocas pulgadas de mi cabeza.

—¿Ves? —dijo la Tigresa mientras sacaba el pie—. Son las *autoridades* las que deben cuidarse de *mí*.

—Como digas, *Sheena* —le dije con una risita, usando su nombre verdadero a propósito solo para molestarla.

—Soy *Tigresa* ahora, pequeño Corderito.

Ignoré sus intentos de hacerme enojar.

—¿Recuerdas lo que dijo la entrenadora Brunt? Debes *ganarte* tu nombre en clave.

—Creo que me lo he ganado. Aprobé todos mis exámenes…, que es más de lo que tú puedes decir.

Gray se paró delante de la Tigresa.

—Aun así, ella es mejor ladrona que tú.

—Ella no es mejor que yo, y nunca lo será.

—¡Basta! —grité—. ¡Soy mejor ladrona que tú, y tú lo sabes! ¡Por eso siempre me has odiado!

Yo sabía que tenía razón, pero la Tigresa no se enojó tanto como pensé que lo haría.

—Si eres mucho mejor, entonces ¿cómo es que yo aprobé el examen de Shadowsan, pero tú fallaste? —me susurró en el oído y siguió caminando antes de que pudiera responderle.

Los estudiantes gritaban y festejaban por el pasillo. Estaban todos al lado de una gran cartelera electrónica. Cuando nos acercamos, vi a Le Chèvre y al Topo, y nos hicieron señas para que nos reuniéramos con ellos.

—¡Ya están los resultados! —dijo el Topo entusiasmado mientras Gray y yo nos aproximábamos apurados.

Yo empecé a dar saltitos tratando de ver por sobre la cabeza de los estudiantes más altos, que se daban la mano unos a otros e intercambiaban felicitaciones. Le Chèvre y el Topo se abrazaron.

—¡Adelante, sigue así, amigo mío! —le dijo el Topo con una sonrisa mientras lo palmeaba en el hombro.

Gray se abrió paso entre la multitud. Enseguida volvió, frunciendo el ceño.

—¿No aprobaste…? —le pregunté desconcertada. No podía ser que Gray hubiera desaprobado después de que le había ido tan bien en todas las clases.

—Sí, pasé —dijo, y era claro que trataba de ocultar su tristeza—. Pero…

¿Podía ser que Gray hubiera pasado…, *pero yo no*?

Forcejeé para hacerme lugar entre toda la gente y mirar los resultados. Al lado de mi nombre, había una *gran X en rojo*.

Contuve las lágrimas, tratando de no sentir todo el peso de mis sueños rotos. A mi alrededor oía a mis compañeros celebrando con hurras y gritos.

Gray parecía estar tratando de pensar en algo para decirme cuando se acercó la Tigresa. Lo tomó del codo y se lo llevó.

—Vamos, Chispas. Siéntate en la mesa de los chicos grandes con nosotros. Él me miró, como si me pidiera permiso, y yo asentí.

—Ve, Gray —le dije obligándome a parecer animada—. Estaré bien.

Me partió el corazón verlo irse sin mí. Todo lo que yo había trabajado, todo lo que había planeado…, todo había sido para nada.

CAPÍTULO SIETE

ME ESCABULLÍ AL TECHO Y SAQUÉ MI CELULAR. Gray estaba celebrando con el resto de los que estaban a punto de graduarse, y no quería desanimarlo con mi desilusión. Por suerte, había alguien más que siempre sabía cómo ayudar.

—¿Oveja Negra?

—Hola, Jugador.

—¿Estás bien? ¿Qué pasa? —Como de costumbre, el Jugador podía descifrar mis emociones por mi voz.

—No aprobé uno de los exámenes. Y ahora…, ahora voy a tener que repetir el programa. —Se me quebró la voz al decir eso. Había estado tratando de negar la realidad de mi situación, pero, al final, esta me había golpeado. *Había fracasado.*

—¡Es…, es una locura! ¡Trabajaste tanto! —El Jugador parecía conmocionado. Él no sabía la verdad acerca de la Academia VILE porque yo siempre había mantenido en secreto los detalles de mis estudios, pero aun así, sabía cuánto significaba para mí.

—¡Lo sé! Pero ya está. —le dije.

—¿No puedes, no sé…, hablar con tu profesor o algo así? ¿Y si te dieran otra oportunidad?

—Fracasé. No puedo recuperar… —La cabeza me empezó a funcionar a toda velocidad—. ¡Jugador! ¡Eres un genio!

—Lo sé, lo sé. Sin embargo, podrías decírmelo más seguido.

Sonreí apenas un poquito porque, en ese preciso momento, mi desilusión y decepción se había transformado en determinación.

Esa noche, tarde, iba caminando por los pasillos de la Academia VILE. Hacía horas que el sol se había puesto, y los pasillos parecían tenebrosos en la oscuridad.

Vi desde una esquina cuando Shadowsan salió de su salón de clases y cerró la puerta para ponerle llave. Corrí por detrás de él y lo rocé con la mano con un movimiento rapidísimo.

Shadowsan se tocó los bolsillos, buscó en el interior y los encontró vacíos.

—¿Está buscando estas? —le pregunté, con sus llaves colgadas en mi mano.

—¿Está jugando? Típico de usted —dijo él fastidiado.

—Esto no es un juego —le contesté desafiante—. Quiero otra oportunidad.

Shadowsan me quitó sus llaves, cerró con ellas la puerta y se las guardó en el bolsillo. Apenas me miró.

—Y la tendrá —dijo. Yo me llené de esperanzas—. El año próximo. Cuando repita el curso. —La desilusión me invadió otra vez.

No voy a darme por vencida tan fácilmente, pensé mientras me paraba delante de él, cortándole el paso. Había trabajado demasiado para eso y no iba a aceptar una derrota sin luchar.

—Usted no me está escuchando —le dije con firmeza—. Póngase el impermeable. ¡Quiero otra oportunidad *ahora*!

Shadowsan pasó por al lado mío para irse. Ni siquiera se detuvo a mirarme mientras seguía por el pasillo.

—Nosotros no cambiamos las reglas para los demás estudiantes, y estoy convencido de que debemos dejar de cambiarlas para usted. Buenas noches, Oveja Negra.

Sentí que la sangre me hervía como un volcán en actividad.

—El impermeable estaba vacío, ¿verdad? —le grité antes de darme cuenta de lo que iba a decir.

Shadowsan se paró en seco. Se dio vuelta despacio y se acercó a mí. Advertí de inmediato que me había pasado de la raya: durante todo mi tiempo en la isla, nunca había visto a Shadowsan tan enojado.

—¿Está acusando a un instructor de VILE de hacer trampas? —Sus palabras me atravesaron como una espada.

Reuní coraje y traté de defenderme lo mejor que pude: *debía* tratar.

—Lo siento. Es solo que sé que soy tan buena como los demás estudiantes de mi clase. Incluso mejor.

Volví a poner las llaves, que me colgaban de la mano, delante de él. Se las había robado por segunda vez. Shadowsan me las arrebató furioso.

—Usted es rebelde, indisciplinada y bromista. Le recomiendo encarecidamente que encuentre la manera de controlar esas características, ya que parecen ser un obstáculo.

Se fue y me dejó sola en el oscuro pasillo. Estaba anegada de ira, no contra Shadowsan, sino contra mí misma. *¿Y si él tiene razón?* ¿Y si había arruinado mis oportunidades de salir de la isla? No podía culpar a nadie más.

LA CEREMONIA DE GRADUACIÓN ESTABA EN SU APOGEO EN el salón de actos. Yo la veía a través de las rendijas de las puertas del auditorio, con las rodillas pegadas al pecho.

Dentro, pude ver a todos los miembros del claustro alineados en el escenario. Al lado de ellos, Vlad y Boris estaban tocando *Porque es un buen compañero* en el acordeón y se acompañaban con platillos.

La entrenadora Brunt subió al podio y tomó su lugar detrás del micrófono. Era igual que en la orientación, solo que esta vez los estudiantes se iban de la academia..., todos, excepto yo.

—Felicitaciones, graduados —empezó Brunt. Hubo gritos y voces de celebración de parte de los estudiantes del público—. Ustedes han demostrado que son dignos de convertirse en agentes de VILE. De hoy en adelante, son parte de nuestra pequeña familia. —La expresión de Brunt se volvió de pronto aterradoramente seria—. *No nos decepcionen* —dijo despacio mientras algunos de los graduados se movían nerviosos en el asiento—. Valiosas Importaciones, Lujosas Exportaciones..., pronto viajarán por los siete continentes en busca de esos preciados bienes.

Yo suspiré. ¿Viajar por los siete continentes? Se suponía que ese era *mi* destino.

A continuación, le tocó hablar a Maelstrom. Curvó los dedos largos y delgados alrededor del podio. Examinó cuidadosamente a los graduados con ojos maliciosos.

—No olviden nunca lo que han aprendido aquí. Deberán aprovechar sus habilidades si desean triunfar como delincuentes profesionales. —Clavó los ojos en el público y me corrió frío por la espalda—. Han hecho bien en unirse a VILE. Estoy ansioso por ver qué pueden hacer en el campo. Roben todo lo que puedan, lo más a menudo y lo más diabólicamente que puedan.

Estallaron ovaciones por su discurso. *Si VILE en verdad quiere tener éxito, debería enviarme a mí allí* —pensé—. *Soy la mejor atracadora de la isla.*

Dos días después, estaba sentada en la playa, tratando de superar la tristeza para estar lista para enfrentarme a los desafíos que me esperaban, pero mi pena no se aliviaba. Aunque la graduación había llegado y había pasado, el sentimiento de fracaso no me abandonaba.

En ese momento, en ese preciso momento, a los graduados les estaban asignando sus primeras tareas como agentes de VILE. Dejarían la isla y hurtarían artefactos exóticos en lugares lejanos. Y yo no iba a ser parte de eso.

Empezó a sonar el teléfono en mi bolsillo. Lo saqué y vi en la pantalla el conocido ícono del sombrero blanco del Jugador. Respondí lo más rápido que pude, con voz apagada.

—¡Jugador! ¡Ya conoces la regla! *¡Soy yo la que te llamo!*

—Lo sé, lo sé. Lo que sucede es que... estaba preocupado por ti.

Suspiré. La verdad era que había estado evitando a todo el mundo desde los exámenes, y eso incluía al Jugador.

—Lo siento.

—Entonces..., ¿de verdad tienes que repetir todo el año?

—No estoy segura todavía. No creía que tuviera ninguna oportunidad, pero he estado pensando..., tal vez sea hora de darme mis *propias* oportunidades.

Oí un ruido que llegaba desde una roca que había más arriba y levanté la vista. Era Mimo Bomba. Estaba sentado, mirando a la distancia. Escondí el teléfono enseguida. *¿Lo habrá visto?,* me pregunté. Lo saludé con soltura con la mano.

—¿Qué se cuenta, Mimo Bomba? —le pregunté.

Hizo la mímica de estar llorando, sacudía los hombros como con sollozos. Al principio pensé que estaba representando mi tristeza, pero, como su llanto se intensificaba, me percaté de que también *él* estaba triste.

—¿Pasa algo malo, Mimo Bomba? —le pregunté.

En las proximidades, se abrieron las puertas de la academia y me llegaron las voces de los graduados que hablaban entre sí.

La Tigresa, Le Chèvre y el Topo bajaban los escalones hacia la costa. Todos llevaban sus uniformes de trabajo: ropa impecable y de alta tecnología que se adaptaba perfectamente a su nueva identidad de agentes de VILE.

Añoré mi mono negro. Todos seguían su camino, pero yo me quedaba con mi uniforme de estudiante. Podría haber tenido estampada la palabra fracaso en la frente.

Al final vi a Gray bajando los escalones. Me dirigí a Mimo Bomba y simulé darle un pañuelo invisible.

—Toma, un pañuelito. Tenlo —le dije, y corrí a ver a Gray.

—Hola, hermanita —dijo Gray mientras me acercaba.

Había entre nosotros una especie de incomodidad imposible de ignorar, pero traté de esforzarme por dejarla a un lado.

—¿Sabes…, eh…, sabes por qué Mimo Bomba está tan decaído? —le pregunté, tratando de evitar el tema de la graduación.

—¿Mimo Bomba? Ah, porque lo excluyeron de la misión de esta noche. —Sabía que Gray se estaría refiriendo al primer gran delito para VILE que le habían asignado a él y a sus compañeros, la Tigresa, el Topo y Le Chèvre.

—¡Pero él se graduó! —le dije sorprendida.

—No en todos los robos se necesita un payaso silencioso. —A los dos nos dio risa.

—Bueno…, supongo que así es. —Arrastré los pies con torpeza, sin saber cómo despedirme de mi amigo. Estaba por irse a un lugar exótico para hacer un robo emocionante, el primero de muchos, mientras que yo me quedaba para recursar el año escolar—. Me sorprende que todavía estés aquí —le dije. La graduación había sido dos días atrás, así que ¿por qué mis compañeros de clase aún estaban en la isla? No podía ser que hubieran tardado tanto en darles sus tareas.

—Justo cuando crees que ya estás fuera, la entrenadora Brunt te manda a un "seminario superior obligatorio" y te arrastra dentro otra vez —explicó Gray riéndose—. Nos fletarán esta noche.

Esa vez, no me reí con él. Ya no podía ocultar la tristeza que sentía en el corazón.

Gray no era tonto; vio el cambio en mi expresión y se agachó para hablarme.

—Mira, Oveja Negra…, sé que va a ser una tortura hacer todo el programa de nuevo. Pero tú aún eres una muchachita. Llevas ampliamente la delantera. Concéntrate. El tiempo volará. Te irás de esta isla mucho más pronto de lo que imaginas. —Me sacudió el pelo y se fue a reunir con sus compañeros de clase y colegas. *En realidad, son sus compañeros* agentes *ahora,* pensé.

Parecía que las últimas palabras de Gray se habían quedado dando vueltas en el aire. Por primera vez en varios días, sonreí. No era solo una muchachita. Era una gran atracadora, y podía demostrarlo. Me *iría* de la isla… mucho más pronto de lo que *nadie* imaginaba.

CAPÍTULO OCHO

Esa noche, me escabullí de mi dormitorio silenciosa como un ninja, como Shadowsan me había enseñado. Cualquiera que se fijara en mi habitación vería un bulto durmiendo en la cama. No tendría idea de que, en realidad, eran algunas almohadas y mi globo acomodados bajo las cobijas.

Estaba oscuro, pero conocía esos pasillos como la palma de la mano. Haber crecido en la isla tenía sus ventajas, y una de ellas era que, después de pasar todos mis primeros años allí, conocía toda la zona mejor que nadie. Años atrás, por aburrimiento, había hecho un plano de la academia, pero ahora, finalmente, me resultarían útiles esos conocimientos.

Recorrí silenciosamente el pasillo hasta encontrar lo que estaba buscando. Era una boca de tormenta lo bastante grande para meterme dentro y gatear hasta salir del edificio de la academia y llegar al extremo de la isla sin ser vista. Me introduje y me arrastré por el desagüe sobre las manos y las rodillas. Sentía una especie de lodo grueso y húmedo bajo los dedos. "Puaj!", grité demasiado fuerte y me tapé la boca con la mano. Continué recorriendo la tubería hasta la rejilla del extremo.

A través de la rejilla podía ver el muelle, pero, para mi sorpresa, no había barco a la vista. Cuando Gray dijo "nos fletarán", di por sentado que él y los demás se irían a la noche en barco. *¿Entonces cómo saldrán de la isla?*, me pregunté.

Mi pregunta encontró respuesta en el fuerte ruido de un motor que se puso en marcha. Espié a través de la rejilla del extremo de la boca de tormenta y vi un helicóptero que esperaba en la zona de aterrizaje, pasando un grupo de palmeras. ¡Por supuesto! ¿Por qué no había pensado en el helicóptero? Era de alta tecnología, con exterior elegante y renegrido, que lo hacía casi invisible contra el oscuro cielo nocturno. El motor se hizo más ruidoso y, en la parte superior, la hélice de metal comenzó a girar, cada vez más rápido, hasta que generó una gran corriente de aire que se desplazaba en todas direcciones.

¡Estaban por despegar!

Aferré la rejilla y la empujé con toda mi alma. Al final, se movió y se abrió, lo que me permitió salir de la boca de tormenta al costado del acantilado.

Algo se movía en las sombras detrás de mí, y, apenas por un momento, me pareció ver una cara pálida en la oscuridad. Estaba en las rocas, a poca distancia. Parpadeé. ¿Mimo Bomba? *No puede ser,* pensé. No había forma de que estuviera allí a esa hora de la noche. Decidí que la mente me estaría jugando una mala pasada y me volví a concentrar en la tarea que tenía entre manos.

Un grupo de figuras se iban acercando al helicóptero, y me agaché detrás de una roca. La Tigresa, Le Chèvre, el Topo y Gray se aproximaban a las puertas del vehículo. "La escuela queda atrás, muchachos —le oí decir a la Tigresa—. Es hora de ostentar lo que tenemos". Puse los ojos en blanco.

Tendría que apurarme si quería meterme en el helicóptero sin que me vieran. Deseé más todavía tener mi uniforme de trabajo, algo discreto que se confundiera con la oscuridad de la noche. Pero no tenía sentido lamentarse. Era en ese momento o nunca. Respiré profundamente y corrí.

Crucé como flecha por entre las rocas hasta llegar al lugar en que estaba estacionado el helicóptero. Los rotores de metal ya estaban girando a máxima velocidad, y las ráfagas de viento prácticamente me expulsaban de la zona de aterrizaje.

Usé todas mis fuerzas para avanzar hasta la puerta abierta. Me sostuve de los costados lo más rápido que pude y logré impulsarme hacia dentro. Encogida, con las rodillas contra el pecho, rodé de costado hasta en el área de provisiones, donde estaría fuera del alcance de la vista, y me acurruqué hasta hacerme lo más pequeña posible. Me escondí allí hasta que los demás subieron, uno por uno. Hablaban entre ellos mientras ocupaban sus asientos. Respiré aliviada. Nadie me había visto.

Se cerraron las puertas, y tuve una extraña sensación de ingravidez bajo los pies cuando el helicóptero se iba elevando en el aire. Respiré profundo varias veces y sonreí, con las rodillas pegadas al pecho.

¡Estaba dejando la isla! Por primera vez en toda mi vida, iba a ver cómo era el mundo exterior. Estaba tan emocionada que quería reírme, saltar y gritar. En lugar de eso, me tapé la boca con las manos para no hacer ningún ruido.

Los minutos pasaban lentos. Podía oír amortiguada la voz del Topo y la de Le Chèvre, charlando, pero el sonido del motor me impedía escuchar lo que estaban diciendo. Conseguí descifrar las palabras "gema" y "cavar", pero nada que me dijera dónde íbamos.

Después de un rato, decidí arriesgarme y cambiar de posición para mirar por la ventanilla. Me moría por saber hacia dónde nos encaminábamos. Afuera, vi el océano y un litoral escarpado y montañoso bajo nosotros.

De pronto, sentí un zumbido en el bolsillo y casi grito por la sorpresa. Me apuré para agarrar mi celular. Había olvidado que lo tenía. En la pantalla aparecía el acostumbrado gráfico del sombrero blanco.

—¿Jugador? ¡No puedo hablar ahora! —le dije medio susurrando, medio gritando—. ¿Recuerdas las reglas?

—Lo sé, lo sé. No tengo permitido llamarte al campus, pero ahora no estás en el campus. ¿Te estás yendo de excursión?

—¿Qué? ¿Cómo lo sabes? —A pesar de las circunstancias, estaba asombrada por la cantidad de cosas que él era capaz de averiguar con solo usar las computadoras que tenía en su casa.

—¿Recuerdas que nunca había podido hackear la barrera de bloqueos de tu escuela para hallar tu ubicación?

—Sip, y por eso nunca supiste en qué lugar del mundo estaba.

—Bueno, adivina. Tu teléfono de pronto se encendió en mi panel de información. Y, en tiempo real, parece que estás camino a…

—¡Punto de lanzamiento: tomen sus posiciones! —ordenó Vlad casi a los gritos por el intercomunicador del helicóptero.

—¡Voy a tener que llamarte en otro momento! —Colgué rápido y me guardé el teléfono en el bolsillo.

¿Punto de lanzamiento? Entonces el helicóptero no iba a aterrizar: ¡los agentes iban a tirarse en *paracaídas* en el sitio asignado! Si realmente iba a escapar de la isla, debería hacerlo yo también, de lo contrario, me llevarían de regreso.

Los pasajeros fueron uno a uno hasta un portaequipaje, tomaron un paracaídas y se lo pusieron como si fuera una mochila. Primero Le Chèvre, luego el Topo y después la Tigresa. Gray fue al final. Para mi desesperación, tomó el último paracaídas y empezó a ajustarse las tiras. Me quedé sin aliento cuando la puerta trasera del helicóptero empezó a abrirse.

Le Chèvre saltó primero, con una expresión de enorme satisfacción en la cara. Parecía totalmente entusiasmado por tirarse de un helicóptero a miles de pies en el aire: el punto más alto en que había estado. Enseguida lo siguió el Topo, que no parecía tan feliz de arrojarse al cielo. Lo oí refunfuñar mientras se dirigía a la puerta abierta; creo que dijo algo como "pertenezco a la tierra". Aun así, se preparó y saltó con facilidad.

A continuación, fue la Tigresa. Ella dudaba al lado de la puerta; le temblaban las rodillas. Deseé no haber tenido que esconderme para poder burlarme de ella por estar tan asustada. Por suerte, Gray estaba pensando lo mismo.

Se puso detrás de ella.

—¿Qué estás esperando? —le preguntó—. Los gatos siempre caen parados. —Antes de que la Tigresa pudiera pensar en algo ingenioso para contestarle, Gray levantó una bota y la empujó por la puerta. Ella dio un chillido agudo mientras caía en picada.

Suena igual que un gato, pensé.

Era en ese momento o nunca.

—¡Ey! —grité—. Gray giró hacia mí, con la boca abierta por la sorpresa. Estaba conmocionado y no sabía qué hacer, y eso era, justamente, lo que yo quería. Vi que era mi oportunidad y la aproveché: corrí directo a él como un jugador de fútbol americano.

"¡Cof!". Se le cortó la respiración cuando me estrellé contra su pecho. Salió volando del helicóptero hacia atrás, llevándome fuertemente aferrada él. El viento helado me pegaba en la cara, y estaba paralizada por el frío. En medio del rugido del viento, oí que Gray exclamaba:

—¿¡Oveja Negra!?

—¡No-o-o me-e dejes caer! —le dije, castañeteando los dientes sin parar. Estaba congelada hasta los huesos. Tenía solo el uniforme escolar para protegerme del aire helado que soplaba. Había estado tan concentrada en escapar de la isla que ni siquiera había pensado en llevar un abrigo. Pero, a pesar del frío, en mi interior sentía calidez porque sabía que Gray no me dejaría caer.

Las nubes pasaban a la carrera. El distante terreno rocoso estaba acercándose más y más a cada segundo.

Traté de ignorar la desagradable sensación de vacío en la boca del estómago. De repente, vi que el paracaídas de Le Chèvre se abría y se inflaba en forma de hongo muy por debajo de nosotros. Poco después, se abrieron dos más y sabía que debían de ser el del Topo y el de la Tigresa. Entonces llegó nuestro turno. Gray tiró de la cuerda del equipo, y los dos sentimos un repentino y sorpresivo sacudón cuando el paracaídas se desplegó.

Flotamos suavemente hacia la tierra. A nuestro alrededor, vi lo que parecían ser ruinas antiguas, con montones de piedras apiladas que se elevaban en el paisaje desértico.

Gray y yo aterrizamos a corta distancia de los demás. Cuando el paracaídas cayó al suelo, él se sacó el equipo y lo tiró a un lado. Me agarró de los brazos de golpe, que todavía tenía paralizados de frío.

—¿Estás loca? —Habló en voz baja para que los demás no oyeran, pero estaba conmocionado y preocupado. Miró a su alrededor para asegurarse de que ninguno de los otros me habían visto y se inclinó hacia mí furioso—. ¡Acabas de poner en riesgo tu vida y toda mi carrera delictiva! —se quejó con el tono de voz más alto que se atrevió a usar. Yo traté de irme, pero él me retuvo.

—¡Tranquilo! Soy yo la que viajó de polizón —le dije—. No tendrán ninguna razón para culparte a ti.

—¡Qué crees que harán los directivos cuando descubran que decidiste colarte en nuestra misión?

Me encogí de hombros.

—¿A quién le importa? Para entonces, ya me habré ido.

—¿Y qué harás? ¿Irás de mochilera por el mundo? ¡Eres una muchachita todavía! No tienes dinero ni conexiones… ¿Cómo comerás?

—¡Robaré, obvio! —Para mí era muy simple. Necesitaba dejar la isla, y ya lo había hecho. Podía ir adonde quisiera y robar sobre la marcha.

—¿Chispas? ¡Vamos! —La voz estridente de la Tigresa pareció taladrar las ruinas.

—Quédate aquí. En serio —me dijo Gray con severidad—. No puedes arruinar nuestro primer atraco. Es todo por lo que hemos trabajado tan arduamente.

Gray se fue apresurado por las ruinas y dobló en una angosta calle de piedra.

—Es hora de colarme en un robo —dije en voz alta con una sonrisa.

CAPÍTULO NUEVE

C AMINÉ CON RAPIDEZ POR LAS RUINAS EN LA dirección que había tomado Gray un momento antes. Apuré el paso porque no quería perderme en una tierra desconocida de noche. Pasé rápido una pila de escombros… y me quedé sin aliento.

Ante mí reconocí, sobre la orilla del océano, la elevada torre de la refinada mezquita de Hassan II, emblemática de la reluciente silueta de Casablanca, en Marruecos. Podía ver las aguas golpeando contra la costa rocosa, y las calles de la ciudad iluminadas por la luz de la luna, que teñía de un tono morado las construcciones de piedra blancas.

Hasta ese momento, había admirado paisajes así solo en mis libros. Ver de cerca la espléndida ciudad del norte de África era más hermoso de lo que podría haberme imaginado.

Estoy en Marruecos —pensé embelesada—. *He logrado llegar al mundo real.*

Me obligué a apartar la mirada de la ciudad y a

concentrarme en lo que tenía que hacer. La misión debía ser lo primero. Si todo salía de acuerdo con el plan, tendría mucho tiempo para pasear después.

Zigzagueé a través de las ruinas, pasando por senderos sinuosos y sucios. Gray y los demás se habían ido hacía rato cuando llegué a Casablanca. Yo había tomado el mismo camino siguiendo sus huellas, pero estas pronto se borraron en las veredas polvorientas. Ya no tenía más remedio que tratar de encontrar el lugar del atraco sola, aunque no tenía muchas pistas.

A mi alrededor estaban las vistas y los sonidos de una ciudad, una ciudad *real*. Nunca antes había oído a los dueños de las tiendas cerrarlas al final del día o a los turistas charlar mientras tomaban un café sentados a las mesas de las veredas de las cafeterías. Casablanca bullía de vida.

Mientras doblaba por una calle lateral vacía, me dolían los pies y el estómago me crujía. Me apoyé la mano en el estómago para tratar de silenciarlo y, en ese mismo momento, divisé una panadería. Me llegó el aroma del pan recién horneado, y se me hizo agua la boca.

Gray no será el único que lleve a cabo su primer robo esta noche, pensé con una sonrisa pícara mientras me acercaba despacio al puesto de pan. Esperé con paciencia hasta que el panadero tomó una bandeja de pan y la llevó a una tienda cercana. Pasé por al lado del puesto como si nada y agarré un pan del carrito.

Doblé en una esquina y me senté a comer el premio que había robado. Antes de que pudiera disfrutarlo, se me acercó un perro callejero. Lloriqueaba de hambre y se le notaban las costillas.

—¿Tú también tienes hambre, cachorrito? —le pregunté mientras partía la mitad del pan para él. Lo devoró de golpe.

Iba a morder lo que me quedaba cuando se acercó otro perro callejero. Me clavó una mirada desolada. Con un suspiro de tristeza, le di el resto del pan y lo palmeé en la cabeza. *Creo que esta noche no voy a comer.*

Luego oí una especie de estrépito, y la tierra se estremeció bajo mis pies. ¡No podía ser que el estómago me crujiera con *tanta* intensidad!

Enseguida me dirigí hacia la fuente del sonido, recorriendo las calles sinuosas de Casablanca. El estruendo se hacía más y más fuerte hasta que llegué a una antigua arcada de piedra. Estaba iluminada por detrás con luces tan potentes que era imposible ver lo que había más allá. Me fui acercando a la enceguecedora luz blanca protegiéndome los ojos.

Cuando se me adaptó la vista, me encontré frente a un pozo gigante de una construcción. Algunas enormes excavadoras estaban quitando tierra del terreno, mientras los trabajadores se encorvaban en el fondo del pozo. Parecía que estaban usando picos muy pequeños y cepillos para limpiar la tierra, aunque no tenía idea de por qué.

—¡Jovencita! —me di vuelta hacia la voz. Era de un hombre de mediana edad que usaba pantalones caquis y una camisa blanca—. Es tarde. ¿Saben tus padres que estás aquí?

No pude evitar reírme.

—Señor, ni siquiera sé dónde estoy. ¿Qué es este lugar?

—Es un sitio de excavación arqueológica —me explicó orgulloso. Esperaba que yo dijera algo, pero solo vio confusión en mis ojos—. Es un lugar donde buscamos eslabones que nos unen con nuestro pasado.

—¿Como... huesos de dinosaurio? —pregunté.

—Cualquier objeto histórico. —Los ojos del arqueólogo brillaban mientras hablaba. Era evidente que le encantaba compartir su pasión y sus conocimientos con los demás—. Incluso un simple trozo de una pieza de alfarería puede ser un maravilloso hallazgo. Aunque... espero desenterrar un poco más que eso aquí.

Yo trataba de prestar atención a lo que me estaba diciendo, pero el hambre me estaba derrotando. Noté al pasar que él tenía en el bolsillo una barra de granola y no pude despegarle la vista. El estómago me estaba crujiendo más que antes.

El arqueólogo se dio cuenta de que yo estaba mirando la barra.

—Tienes hambre, ¿verdad?—Extendió la mano y me

ofreció la barra. La agarré y la comí de inmediato, de unos pocos bocados.

—Me recuerdas a mi hija —dijo con una risita.

—¿Sí? —Yo estaba sorprendida de que le recordara a alguien. Nunca había sido la hija de nadie—. ¿Cómo es ella? —Quería oír más acerca de su familia, pero él ya volvía al sitio de excavación.

—Si has seguido las noticias, ya sabrás que acabamos de descubrir un artefacto aquí. Es muy antiguo…, aunque no tanto como los huesos de dinosaurio —agregó con un guiño.

—¿Qué es? —pregunté con curiosidad.

—¡El ojo de Visnú! ¡Una de las joyas más famosas del mundo, y la hemos encontrado! —exclamó—. Bueno…, la que estaba perdida, en realidad.

—¿Perdida? ¿La habían robado?

—Quizás la robaron mucho tiempo atrás. Eso explicaría por qué llegó aquí desde tan lejos, desde la India, el lugar de donde se supone que proviene. Pero, sobre todo, se la consideraba perdida porque nunca se la había encontrado, hasta ahora.

Artefactos que se creían perdidos en el tiempo… ¡Era como una aventura de la vida real!

—Verás, uno de los ojos de Visnú está en un museo de Moscú y ha estado allí durante siglos. Hacía mucho que se creía que existía una *segunda* joya igual.

Asentí en señal de que comprendía.

—Porque todo el mundo tiene dos ojos, ¿verdad?

—¡Exacto! —exclamó—. Mi equipo identificó el segundo ojo hace apenas unos días gracias a nuestra tecnología para obtener imágenes de objetos que están bajo tierra y, en este mismo momento estamos excavando con mucho cuidado.

Arqueé una ceja.

—¿No le preocupa que alguien pueda robarla?

¿No robaría cualquiera un botín tan preciado como ese?, pensé. Para mi sorpresa, el arqueólogo frunció el ceño. Parecía disgustado.

—¿Por qué harían eso? Mi equipo sabe que un tesoro como este es una pieza de museo.

—¿Pero no vale una fortuna este tesoro? —pregunté.

Él suspiró.

—Algunas cosas —dijo lentamente— poseen un valor que va más allá del dinero que cuestan. Un hallazgo histórico como esta gema les pertenece a todos. Hurtarlo significaría robarle el conocimiento y la belleza al mundo. Y eso… sería un *verdadero crimen*.

—Yo…, yo nunca había pensado en esto de esa manera —admití.

Me daba vueltas la cabeza. Lo que estaba diciendo el arqueólogo era muy distinto de lo que me habían enseñado en la isla. Había crecido creyendo que robar era como un juego, un juego sin consecuencias. De acuerdo con el claustro de VILE, los delitos no importaban, al menos no cuando le proporcionaban dinero a la organización. Quitarle historia y conocimiento y belleza al mundo…, eso debía de estar mal, ¿verdad?

Se oyó un ruido extraño, como una computadora que deja de funcionar de golpe, y todos los reflectores de alrededor se apagaron. El sitio de excavación se sumió en la oscuridad. Solo la luna llena alumbraba el lugar, y quedamos rodeados por su luz difusa e inquietante.

El arqueólogo sacó un *walkie-talkie* del bolsillo.

—¡Equipo del pozo, informe! —Y se fue rápido para el sitio de excavación.

De pronto, me di cuenta de todo. Gray debía de haber cortado la electricidad. ¡Era *ese* su primer robo! El arqueólogo había dicho que estaban por desenterrar una gema invaluable; ¿era el ojo de Visnú el objetivo de Gray? Parecía justo el tipo de cosa que el claustro de VILE querría tener en sus manos. Y si Gray ya estaba allí, yo sabía que los demás también estaban.

Observé los montículos y las ruinas de alrededor, dirigía la vista de un lado a otro tratando de localizarlos en la oscuridad. Entonces lo vi: por la torre de vigilancia iba subiendo la inconfundible silueta de Le Chèvre. Parecía una cabra montañesa cuando saltó al andamio donde estaban apostados los guardias de seguridad. Se me revolvió el estómago cuando vi que derribaba a un guardia y luego a otro.

Alguien gritó a viva voz desde abajo. Quise ver quién era y divisé a la Tigresa que iba a los saltos al sitio de excavación, con las garras afiladas brillando a la luz de la luna. Mientras avanzaba, iba golpeando a los trabajadores con la mano con la rapidez de un rayo y abatiéndolos uno por uno.

Una vez más, algo comenzó a rugir bajo mis pies, pero ya no se trataba del temblor que provocaban las excavadoras. Empezó a elevarse una pila de tierra y se abrió un gran agujero en el medio del pozo. Los trabajadores que estaban cerca se desbandaron mientras del agujero aparecía lentamente una figura. *¡El Topo!*

Yo ya había visto lo suficiente. Bajé a la carrera hasta el sitio de excavación, fui saltando a través de la construcción y me metí en el pozo. El Topo se sacudía la tierra de la cara. Cuando me vio, parpadeó algunas veces y, finalmente, se dio cuenta de quién estaba delante de él.

—¿Oveja Negra? Pero pensé que no te habías graduado.

—¡Sorpresa!

Una luz de color azul claro me bailoteó en los ojos. Respiré profundamente ante la imagen de la gigante gema azul que él sostenía en las manos.

—Es asombrosa... —dije. Y lo era. El ojo de Visnú era la cosa más deslumbrante que había visto en mi vida.

Ninguna de las joyas del salón de clases de la condesa Cleo se comparaba con eso. Era una gema enorme, del tamaño de una pelota de fútbol americano, con la superficie perfectamente tallada. Aunque había estado enterrada durante siglos, no parecía tener un solo rasguño. A la luz de la luna, irradiaba un bello color turquesa.

—¡Oveja Negra! —la voz de Gray me sacó del trance. ¡Vete! ¡Arruinarás la misión! —Venía corriendo hacia mí a toda velocidad. Había en sus ojos una furia que nunca le había visto.

Antes de que yo pudiera decir algo, vi que se nos acercaba el arqueólogo. Advirtió la gema en las manos del Topo y se paró de golpe. Miraba la gema y me miraba a mí, una y otra vez.

—¿Tú estás con *ellos*?

—Es complicado. —Me sentí más confundida que nunca.

El arqueólogo se fue acercando al Topo.

—¡Deténganse! ¡Ladrones! —gritó mientras señalaba el ojo de Visnú.

El Topo se inclinó hacia Gray.

—Chispas, recuerda lo que dijeron: no dejen testigos.

Gray asintió. Traté desesperadamente de cerrarles el paso.

—Esperen, ¿qué quieren decir con "no dejen testigos"? ¿Gray?

El Topo volvió a meterse en el túnel con el ojo de Visnú en las manos. Mientras excavaba, me caía tierra encima.

Me quedé paralizada por un terror creciente cuando Gray me miró como si se estuviera disculpando. Sacó la vara electrizante que había fabricado Bellum, la que nos había mostrado el primer día de clases tantos meses atrás. La encendió y giró el dial hasta el punto de máxima energía. La vara electrizante zumbaba y resonaba a medida que empezó a cargarse en su interior una peligrosa cantidad de electricidad.

Él apuntó la vara directamente al arqueólogo.

—¡No, Gray! ¡No! —aullé. El corazón se me salía del pecho. Actué de inmediato.

Gray disparó la vara electrizante justo cuando yo lo embestía con todas mis fuerzas.

El rayo de electricidad de la vara se desvió de su curso y no le dio al arqueólogo por unas pulgadas. En cambio, pasó rozándolo y dio en los andamios de madera que cubrían las ruinas, que estallaron en llamas detrás de nosotros.

El arqueólogo se quedó paralizado. Parecía incapaz de moverse. Tenía la mirada perpleja clavada en el humo que salía del lugar en que había pegado el rayo, pensando en que podría haber sido él.

Yo no sabía cuánto tiempo tardaría la vara para

recargarse, y no quería averiguarlo. Inmediatamente, tomé del brazo al arqueólogo.

—¡Vamos! ¡Corra!

Advirtiendo que su vida estaba en peligro, se recuperó de la conmoción, salió a la carrera y desapareció del sitio lo más rápido que pudo.

Gray quiso correr detrás, pero me paré delante de él.

—Gray, ¿qué estás haciendo? ¿Qué te pasa? —le grité.

—¡Yo me encargo del animalito! —La voz de la Tigresa sonó a mis espaldas.

No había tiempo para pensar. Me abalancé y le saqué la vara electrizante de las manos a Gray. Giré el dial, disminuí la intensidad del rayo y, simultáneamente, me di vuelta para enfrentar a Sheena.

Con un grito de ira que explotó de algún lugar profundo en mi interior, presioné el botón de la vara mientras la apuntaba directo a la Tigresa. El choque eléctrico la abatió y la derribó de espaldas en la tierra. Yo respiraba agitadamente, aturdida por mis propios sentimientos de ira y confusión. El choque no había sido mortal, pero ella no podría moverse por unos minutos.

Giré la vara electrizante hacia Gray y me aproximé a él furiosa. Él retrocedió tanto por la vara como por la furia de mi cara.

—¿Qué pasa, Gray? —Me seguía acercando a él;

la vara chisporroteaba de electricidad en mis manos—. ¡CONTÉSTAME! —Levanté la vara para apuntarle directamente.

De pronto, sentí dos manos que me tapaban la boca. Me presionaban con fuerza la cara con un trapo que olía a sustancias químicas. Luché salvajemente, dando patadas y agitando los brazos, pero fue inútil. Oí de manera casi imperceptible que Boris decía que era hora de que yo volviera a la isla y empecé a perder la conciencia.

Mi vista se volvió borrosa. Apenas pude ver la imagen de Gray mirándome con expresión consternada. Y todo se puso negro.

CAPÍTULO DIEZ

P OR LA VENTANILLA DEL VAGÓN DEL TREN, SE VEÍA
pasar la campiña francesa, pero Carmen estaba
observando detenidamente a Gray.

Él tenía en las manos la misma vara electrizante que
había tratado de usar con el arqueólogo, la misma que ella
había robado para él del salón de clases de Bellum.

—Sentía que eras el hermano mayor que nunca había
tenido, Gray. Hasta ese momento —dijo Carmen.

Gray le devolvió la mirada, impávido. No era el mismo
Gray que Carmen había conocido en la reunión de orientación, hacía tanto tiempo. O, al menos, el que *creía* que
era. *Tal vez, nunca lo conocí realmente,* pensó. Pero tal
vez…, solo tal vez, había una posibilidad de que el Gray
que ella solía conocer estuviera allí, en algún lugar.

—Y tú eras como una hermanita para mí —dijo
Gray quedamente después de un momento.

—Entonces, ¿qué pasó?

—¿Qué puedo decir? El seminario superior cambió las reglas de juego...

GRAY RECORDABA TODO MUY BIEN. EL DÍA POSTERIOR A la graduación, les habían ordenado que fueran a un seminario sorpresa. En ese momento, pensó que era molesto. Solo otra clase a la que tendría que asistir cuando pensaba que ya las había completado todas. Luego se dio cuenta de que el seminario era realmente...

Un día después de graduarse de la Academia VILE, Gray estaba de pie en la sala de profesores con los demás graduados. A su lado estaban Le Chèvre, el Topo y la Tigresa.

Sentados detrás de la mesa en sus altos asientos, los miembros del claustro los miraban como jueces que estaban a punto de decidir su destino.

La doctora Bellum se inclinó hacia adelante. Gray siempre había pensado que ella era algo atolondrada, pero en ese momento los miraba como si los apuntara con un láser. Hizo crujir los nudillos mientras hablaba.

—Graduados, no han llegado solos hasta este alto nivel. Y ahora es tiempo de enfrentar su destino.

Gray tuvo que contener la risa. ¿Destino? ¿De qué

estaban hablando? Deseó que Oveja Negra estuviera allí. Se habrían divertido mucho por eso después.

Entonces le llegó el turno de hablar a Maelstrom.

—Los hemos estado observando detenidamente en todo este tiempo para comprobar su lealtad y también su habilidad para llegar a cualquier... *extremo necesario* —dijo mientras cruzaba lentamente las manos adelante.

Shadowsan se puso de pie. Proyectó una sombra enorme y oscura sobre los graduados reunidos, y Gray sintió que le corría frío por la espalda. La espada, la que estaba en su salón de clases y, según había asegurado, era solo para exhibir, ahora estaba sujeta a su cintura. Shadowsan la sacó de la vaina mientras hablaba.

—Nadie puede impedir que alcancemos nuestras metas...

—Porque la riqueza suprema conduce al poder supremo —prosiguió Cleo—. Ustedes se han ganado un lugar en nuestra organización...

La entrenadora Brunt señaló el logo de VILE que estaba en el piso delante de ellos y dijo:

—Ahora se unirán oficialmente a la liga de *Villanos Internacionales Leales Enriquecidos.*

GRAY MIRÓ A CARMEN DESDE EL ASIENTO DE ENFRENTE Y se encogió de hombros.

—Supongo que ellos sabían que no tenías lo que se necesitaba. Sabían que no podías llegar a los *extremos necesarios* para hacer lo que se debía hacer.

Carmen había escuchado su historia con atención. *Entonces eso es lo que me perdí del seminario superior,* pensó. Mucho de lo que Gray le contó ya lo había averiguado por sí misma. Desde la regla de VILE de no dejar testigos hasta la convicción de que la riqueza era la forma de poder supremo... Pero era la primera vez que se enteraba de lo que significaban realmente las iniciales.

—Villanos Internacionales Leales Enriquecidos... —repitió Carmen lentamente. Sacudió la cabeza—. Toda mi infancia fue una mentira. Robar no es un juego en absoluto. Lastima *realmente* a las personas..., ¡a personas inocentes!

Carmen notó que Gray se reclinó sobre el asiento poniendo distancia de ella. Supuso que sus comentarios lo hicieron sentir incómodo. Entonces agregó:

—En especial, cuando estás dispuesto a robarles la *vida*.

—No dejar testigos —dijo Gray con firmeza—. La regla de oro de VILE.

EL INSPECTOR CHASE DEVINEAUX SE SACUDÍA EN EL asiento de conductor de su auto como una muñeca de trapo mientras conducía por el terreno lleno de piedras paralelo a las vías tras Carmen Sandiego. Todavía estaba persiguiendo el tren por la campiña francesa y estaba decidido a que ella no se le escapara de las manos. Si cruzaba la frontera, no estaría más en su jurisdicción y perdería la única oportunidad de atraparla.

Aunque no lo admitiría nunca, Chase se había puesto nervioso por lo que había hecho Carmen Sandiego en la mansión. Se había escapado de él como si fuera lo más sencillo del mundo ¡y, *además,* se había divertido haciéndolo! *¡Estaba jugando conmigo!* Chase estaba decidido a reparar su error anterior. *Fue una cuestión de suerte, nada más* —se tranquilizó a sí mismo—. *Y no volverá a suceder.*

Aunque el auto iba a los tumbos por la ladera, nunca levantó el pie del acelerador. Por dentro maldijo a Interpol por no darle un auto mejor, adecuado para persecuciones de trenes a alta velocidad.

—¡Por fin! —exclamó cuando logró ponerse a la par de la ventanilla del conductor. Inmediatamente sacó su placa y la agitó de un lado a otro frente a la ventanilla—. ¡Interpol! —gritó—. ¡Detenga el tren!

Pero el conductor no podía oírlo por el rugido del motor. El tren se alejó, las vías dieron una curva cerrada, y el inspector se quedó muy atrás. Golpeó el volante con la mano y soltó un grito de frustración.

En el asiento de al lado, sonó su teléfono celular. Chase presionó enfadado el botón del altavoz.

—¿Inspector Devineaux? —Era Julia.

—¿Qué pasa ahora, señorita Argent? ¡Estoy manejando! —le respondió con los dientes apretados. *Mejor que sea algo importante,* pensó.

—Inspector, estoy aquí en la escena del delito. Esta mansión está llena de objetos robados: dinero, obras de arte... ¡Algunos valen una fortuna! Aquí hay bienes robados que las autoridades han estado buscando durante *años.*

Chase pensó en lo que Julia le estaba diciendo.

—No entiendo. ¿Me está diciendo que ese departamento era de *ella* y que ahí estaba almacenando los objetos robados? ¿Pero entonces por qué se robaría a sí misma? ¡No tiene sentido!

—Hice algunas verificaciones —dijo Julia—. Carmen Sandiego no es la propietaria del departamento. De hecho, la propietaria de la mansión no es una persona, sino una compañía. Parece especializarse en importaciones y exportaciones. Y, lo que es más intrigante, los lugares de donde Carmen Sandiego hurtó objetos recientemente —el banco suizo, la galería de arte en El Cairo, el parque de diversiones de Shanghái—, ¡todos están vinculados con la misma compañía!

Chase sentía que le iba a dar un dolor de cabeza.

—Señorita Argent, ¿qué está tratando de decir?

Julia se quedó callada por un momento mientras pensaba en las evidencias y empezó a darle forma a una teoría.

—¿Y si —dijo lentamente—, por alguna razón, Carmen Sandiego fuera una ladrona... que les roba solo a otros ladrones?

—¡Eso es ridículo! —De repente, Chase notó que la velocidad del auto empezaba a disminuir aunque seguía presionando el acelerador con el pie.

¡PIP, PIP, PIP!

Sonó una alarma del auto. Chase vio brillar la letra E de manera intermitente al lado del medidor de combustible.

—¿Inspector? ¿Está todo bien? —preguntó Julia preocupada.

—¡No, no está todo bien, señorita Argent! ¡Está encendiéndose la letra E, E de *empty,* vacío, señorita! ¡El auto se quedó sin combustible!

El vehículo se detuvo gorgoteando al costado de las vías del tren.

—¡No, no, no, no, no! —chilló Chase pateando el auto con la esperanza de que, por arte de magia, se pusiera en marcha de nuevo con el golpe.

Se bajó y metió las manos en los bolsillos. Sacó una latita de pastillas de menta, se las volcó todas a la vez en la boca y empezó a masticar furioso.

Desde el cielo le llegó el ruido de un motor. Vio que estaba pasando una avioneta. Estaba descendiendo, preparándose para aterrizar en un campo cercano. *Eso puede servir,* pensó con renovadas esperanzas.

¡No había que perder ni un minuto! Chase tomó su placa y corrió a toda velocidad al lugar donde la avioneta estaba por aterrizar.

Llegó justo cuando estaban apagando el motor y los pilotos bajaban. Agitó la placa en el aire mientras gritaba:

—¡Interpol! ¡Asuntos oficiales! ¡Voy a tomar esta avioneta!

Carmen y Gray estaban sentados en silencio, uno frente a otro, en el vagón del tren mientras este avanzaba incesantemente. Como siempre, Carmen estaba tranquila y compuesta. La bandolera negra que contenía el tesoro robado estaba junto a ella. Para entonces, estaba segura, Interpol habría llegado a la mansión de la condesa Cleo, justo como lo había planeado.

Carmen esperaba que el Jugador no estuviera demasiado preocupado por ella (no tenía manera de comunicarse con él porque el PEM que Gray había lanzado todavía estaba activo). Sabía que su amigo *hacker* estaría tratando de asegurarse de que ella no estuviera en peligro.

Probablemente sea bueno que el Jugador no sepa que estoy con Gray, pensó.

Gray estaba mirando por la ventanilla y dijo:

—Nuestro viaje está por terminar. —Miró a Carmen con expresión irritada—. Y no tengo idea de qué historia hay detrás de tu nueva apariencia. O de tu nuevo nombre. ¿Carmen Sandiego? ¿De dónde salió *eso*?

Carmen sonrió.

—¿Una dama no puede guardar algunos secretos?

Como respuesta, Gray le dio un golpecito a la vara electrizante. Carmen sabía demasiado bien qué podía hacer ese dispositivo.

—Muy bien. Trataré de ir al grano.

La historia que había detrás de su nombre. Eso sí que era interesante...

CAPÍTULO ONCE

ESPUÉS DE ESA NOCHE EN MARRUECOS, ME DESperté de nuevo en mi cuarto, en la isla Vile. Mis muñecas rusas estaban en su lugar original, en el alféizar al lado de mi cama, y el mapamundi estaba colgado en la pared, todavía sin ninguna chincheta. Mi intento de escape, ver la ciudad de Casablanca, mi conversación con el arqueólogo…, todo parecía un sueño. Como si nunca hubiera pasado.

Me vino a la memoria el recuerdo de lo que Gray había tratado de hacer, junto con las palabras de Antonio. *No dejen testigos.* Deseaba que todo *hubiera sido* solo una pesadilla. Aun así, tomé una tachuela y la pinché en el punto que marcaba la ciudad de Casablanca, en Marruecos. La observé y suspiré. *Un lugar visitado* —pensé—, *y faltan cientos más adonde ir.*

Después de lo que pasó, las cosas entre los miembros del claustro y yo fueron diferentes. Esperaba que me sancionaran por lo que había hecho, pero no recibí ningún castigo. Supongo que habrán decidido que obligarme a repetir el año escolar sería suficiente castigo. Sin mencionar que estaba de regreso en la isla y, si antes me sentía atrapada, entonces me resultaba como una prisión.

Pero lo peor de todo era que los limpiadores me habían quitado mi teléfono. Inmediatamente después de encontrarlo, se lo dieron a los directivos, y yo no tenía manera de saber dónde estaba ni qué habían hecho con él. La tabla de salvación que representaba para mí el Jugador, mi conexión con el mundo exterior, se había esfumado. Estaba sola por completo.

Antes de que empezara el otro año escolar en la Academia VILE, cada uno de los miembros del claustro se ocupó de mí a su manera. La doctora Bellum ideó formas de espiarme nuevas y creativas. Sus cámaras estaban ocultas, pero yo me convertí en experta en encontrarlas donde estuvieran. Inventé astutos planes para mantenerme fuera de su radio de alcance lo mejor que podía, pero nunca estaba a salvo de sus ojos vigilantes.

La condesa Cleo duplicó sus esfuerzos por amansar mi naturaleza salvaje y enseñarme a ser una dama. Me daba lo que llamaba "lecciones particulares de etiqueta". Por supuesto, era la única estudiante. Todos los días, me hacía caminar por los pasillos con una pila de libros en equilibrio sobre la cabeza, a veces, sosteniendo una taza de porcelana llena de té. Hay que reconocérselo: mi postura nunca lució mejor que entonces.

Maelstrom me sometía a pruebas que, se suponía, le darían pistas acerca de cómo me funcionaba la mente. Yo nunca podía adivinar cuál era su propósito.

—Japón —le dije un día mientras él sostenía en alto una tarjeta con una mancha de tinta negra. Para mí, las manchas de tinta siempre parecían países del mundo.

—¡Incorrecto! —contestó, golpeando la tarjeta sobre la mesa—. ¡Es un caballito de mar!

Shadowsan, por otro lado, me evitaba por completo, como si yo no valiera su tiempo ni sus esfuerzos. Cuando nos cruzábamos por los pasillos, siempre apartaba la mirada lo más rápido que podía. Eso estaba bien para mí…, aunque a veces saltaba de un lado a otro para tratar de llamar su atención o agarraba rápido cualquier objeto pequeño y le preguntaba si él lo había tirado. Cuando no me respondía, yo hallaba la manera de metérselo en el bolsillo y esperaba que se acordara de mí cuando vaciara los bolsillos esa noche.

Y luego estaba la entrenadora Brunt. Ella hizo todo lo que pudo para simular que no pasaba nada y hacerme sentir como una niña mimada de nuevo. Estaba siempre cuidándome y dándome tazas de chocolate caliente. Con lágrimas en los ojos, me decía una y otra vez que se culpaba por mi intento de escapar.

—No deberíamos haberte dejado matricular en la academia tan pronto, querida. ¡Eras demasiado joven! —me dijo una tarde.

Un año atrás, los cuidados de la entrenadora Brunt habrían dado resultado. A mí me habría encantado la atención y la calidez de los abrazos enormes que me daba mientras me aseguraba que todavía era mi mamá osa. Pero después de saber la verdad sobre lo que VILE hacía en el mundo real, ya no deseaba formar parte de eso.

Y aunque no quería tener nada que ver con VILE, sabía que debía ser cuidadosa. Si tenía que atravesar otro año escolar, tendría que comportarme de la mejor manera.

Mientras daba vueltas en la cama cada noche, empecé a idear un plan. Ya no tenía a nadie con quien hablar, ni siquiera al Jugador, pero no permitiría que eso me desanimara.

Llegó la orientación y, con ella, los nuevos estudiantes. Igual que el año anterior, Brunt se dirigió a todos en el auditorio. Habló de la importancia de mantener nuestro pasado en secreto entre nosotros y de usar solo el primer nombre. Esa vez, cuando dijo que no se permitían teléfonos celulares en la isla, me miró directamente a mí.

Yo traté de mantenerme en calma. No tenía idea de si los directivos habían logrado descubrir lo del Jugador y no podía dejar de preocuparme por que lo hubieran conseguido. No sabía lo que le harían a alguien del mundo exterior que estuviera enterado de la existencia de la isla VILE. Aunque nunca le había contado al Jugador nada específico sobre la isla, ellos no sabían que yo había sido tan reservada. Considerarían que un *hacker* que podía penetrar en su sistema de seguridad era una amenaza. Suspiré. No podía hacer nada hasta que, de alguna manera, lograra hallar el teléfono, si ya no lo habían destruido.

Las clases comenzaron al día siguiente, y yo, obediente, empecé mi año como estudiante de VILE otra vez. Sabía que estaría mucho más adelantada que mis nuevos compañeros de clase, por haber tenido ya el entrenamiento. Aun así, decidí que trabajaría más que nunca en el curso. Sería la mejor estudiante de la isla, pero todo el tiempo estaría esperando el momento justo para hacer mi jugada.

Entré en la clase de Shadowsan repleta de confianza. Si iba a engañar al claustro de VILE, tenía que representar el papel de alguien que todavía quería graduarse.

Igual que antes, Shadowsan nos habló del arte japonés de plegado de papel, conocido como origami, y de cómo nos ayudaría a ser mejores ladrones. Empezó a repartirle hojas de papel para plegar a cada estudiante. Se detuvo cuando llegó a mi pupitre. Hizo una pausa, después me tiró una enorme pila de papel para origami delante.

—Como usted ya está familiarizada con el arte del

plegado del papel, Oveja Negra, plegará *todos* estos —me dijo.

Me mordí el labio con rabia, pero no dije nada. *Se lo demostraré,* pensé. Si Shadowsan creía que yo era rebelde, le iba a demostrar que estaba equivocado. Sabía que él estaba tratando de hacerme enfurecer dándome más trabajo que a cualquier otro, pero no era cuestión de dejarlo ganar.

Tomé la primera hoja, comencé a plegarla con el máximo cuidado y enseguida confeccioné un pequeño pero hermoso cisne.

Sentí que alguien me observaba y vi que una de mis nuevas compañeras estaba mirando mi trabajo. Recordaba por la orientación que era una estudiante de Japón, pero no sabía qué destrezas delictivas tenía. Aunque usaba el uniforme de estudiante como el resto de nosotros, había encontrado maneras de combinar toda clase de colores vivos en su cabello y en sus accesorios modernos.

Terminé enseguida mi cisne. La joven me miraba todo el tiempo mientras yo plegaba. Empecé a ponerme nerviosa y decidí tratar de hablar con ella.

—Bastante aburrida esta cosa, ¿no? Lástima que no usemos espadas y cosas así, como verdaderos ninjas.

Ella volvió inmediatamente a su origami, y vi que estaba plegando un lirio.

—En realidad, a mí me gusta esta... *cosa* —me

contestó y revoleó el cabello hacia atrás—. ¿Me darías algunas de tus hojas? El instructor Shadowsan me dio una sola.

—Claro, adelante —le dije mientras le daba una buena pila.

A MEDIDA QUE PASABAN LOS DÍAS, ESTUDIABA TODO LO que podía. Cualquiera que me hubiera visto en la academia pensaría que estaba más decidida que nunca.

La entrenadora Brunt estaba encantada de verme luchar con tanta energía en su clase de defensa personal, que, ahora lo sabía, estaba destinada en realidad a enseñarnos a *no dejar testigos* en el campo. En la clase de Shadowsan y en la clase de la condesa Cleo, metí la mano en más bolsillos y señalé más pinturas falsas que nadie. Incluso di lo máximo en la clase de ciencias de la doctora Bellum, que nunca había sido mi materia preferida.

Lento pero firme, mi plan estaba funcionando. Los miembros del claustro dejaron de espiarme tanto, y Maelstrom dejó de tomarme sus pruebas tontas. Todavía encontraba cámaras voladoras de Bellum siguiéndome por la isla, pero cuanto más actuaba como si quisiera ser la mejor agente de VILE de la historia, más libertad me otorgaban.

Una tarde, Cleo me había hecho sentar para un simulacro de cena y me dijo, de verdad, que cada día me parecía más a una dama. Sonreí y le agradecí amablemente. Estaba poniendo todos mis esfuerzos en seguir la farsa, pero ese entrenamiento me estaba ayudando.

Evitaba a mis compañeros de clase; tenía cuidado de no crear ninguna nueva amistad. Comía sola, iba a las clases sola y volvía sola. Algunos, como la joven de la clase de Shadowsan, trataron de hablarme una que otra vez, pero yo hice lo que pude para ignorarlos. Pronto me gané fama de ser presumida: una sabelotodo que pensaba que era mejor que cualquiera. No permití que eso me molestara.

No tenía dudas de que mis compañeros de clase *llegarían a los extremos necesarios* después de graduarse, igual que Gray y los demás. Mis compañeros anteriores habían sido delincuentes hábiles, pero estos estudiantes eran tan duros y violentos que hasta me sorprendían a mí.

Un día en la clase de Shadowsan estábamos sentados sobre los tapetes. Como de costumbre, estábamos plegando figuras de origami. Esa vez él me había dado *cien* hojas de papel para plegar. Todos los demás tenían solo diez. Me puse a trabajar en silencio, decidida a no darle ningún motivo para que pensara que todavía era una alborotadora.

—¿Me darías algunas de tus hojas? —me volvió a preguntar la joven japonesa.

Una vez más, le di una pila de papel y me encogí de hombros.

El plegado me resultaba más sencillo que nunca y, al poco tiempo, tenía un conjunto de animales de origami sentados en mi pupitre.

—Están muy bien —me dijo ella, examinando mi trabajo.

—Gracias. —Por un momento, me pregunté si ella estaba tomando mi trabajo como una guía para su propio plegado. A la mayoría de los estudiantes les costaba mucho la tarea. Pero, cuando miré su pupitre para ver cómo iba progresando, me quedé boquiabierta.

Había plegado un ejército entero de soldados japoneses. Los pliegues eran perfectos, más perfectos de lo que yo nunca hubiera sido capaz de hacer. Les había puesto diminutas espadas y arcos con minúsculas aljabas con flechas. Nunca había visto algo así.

—Eso es…, eso es asombroso —le dije, y lo pensaba de verdad.

La joven se rio. Su risa sonaba como las uñas cuando raspan un pizarrón, y a mí inmediatamente me dio escalofríos.

—¿Qué, estos? ¡Los hice solo por diversión! ¡Mira qué más puedo hacer! —Tomó una hoja de papel para origami y comenzó a plegarlo con rapidez.

Sus dedos se movían con demasiada velocidad para

seguirlos. En un segundo, había convertido la hoja en una estrella. Pero no parecía ser solo una estrella: era más bien una estrella ninja de las que se arrojan, con peligrosos bordes afilados.

Con un movimiento de la muñeca, lanzó la estrella de papel contra los soldados de origami. En un principio, no sucedió nada. Y luego, uno por uno, todos los soldados se desarmaron. Quedaron perfectamente cortados a la mitad por el filo de la estrella.

—¿Viste? Genial, ¿no? —dijo.

Yo me quedé mirándola fijo y me reí nerviosa.

—Eso fue, eh…, algo…, estuvo muy bien. —No quería mostrar que me había hecho sentir incómoda en extremo. Que alguien adquiriera habilidades como esas las primeras semanas de clases…, bueno, era impresionante, pero también un poco alarmante.

—Llámame Estrella de Papel. Ese es mi nombre en clave —me dijo con una sonrisa maliciosa—. Tú eres la única que lo sabe.

—¿Estrella de Papel, eh? Es bueno. —Me grabé en la mente que debía mantenerme lo más lejos posible de ella.

CAPÍTULO DOCE

D ESPUÉS DE SEMANAS DE PREPARACIÓN Y PLANIFI-
cación, al fin llegó el momento que había estado
esperando. Era primero de diciembre, el día que
llegaba a la isla el barco de Cookie Booker.

Esa mañana, temprano, le había dicho a la entrenadora Brunt que me sentía mal y que no podría asistir a
clase. Me mandó a mi habitación sopa de pollo con fideos
y té caliente. Por un instante, me conmovió. Mamá osa
me seguía cuidando. Pero sabía que no podía permitir que
ese pequeño gesto cambiara algo.

Afuera estaba encapotado y sombrío. En el cielo se
juntaban nubes de tormenta y, a la distancia, se veían
fogonazos anaranjados cuando los relámpagos caían en el
océano. Empezó a llover, primero fue una llovizna y después un diluvio. Ya era casi la hora.

Salí de mi cuarto, corrí por los pasillos hasta llegar
afuera, en medio de la tormenta. No podía ver el muelle
desde la residencia de estudiantes, así que, para comprobar

si el barco llegaba como estaba programado, fui a la playa. *Tengo que estar segura de que está aquí* —pensé—. *Todo tiene que salir según el plan.*

Esa vez no tenía globos de agua mientras vigilaba y esperaba entre las rocas. Mis días de bromas se habían terminado; esa vez estaba jugando de verdad. Y entonces lo vi: ¡el barco! A la distancia, lo vi surcando las aguas agitadas hacia el muelle. Lo había visto al menos una docena de veces o más a lo largo de los años, pero nunca con la clase de expectativa que sentía en ese momento.

Cookie Booker llegó a horario. *¡Cielos!, realmente debe detestar este tiempo,* pensé, y me reí de que una persona como ella, que detestaba el agua, estuviera atrapada en un barco en una tormenta.

Cuando estuve segura de que el barco estaba llegando, corrí a mi cuarto a recoger mis pocas posesiones.

En la academia, nos había enseñado repetidamente que viajáramos livianos. Podía oír la voz de Maelstrom en la cabeza. "Si cargan demasiado equipaje, serán más lentos. Y si son lentos, no podrán hacer su trabajo adecuadamente. ¡Viajen siempre, *siempre* livianos!". Maelstrom podría ser un profesor loco, pero yo sabía que tenía razón.

Tomé con cuidado mis muñecas rusas. Eran el único vínculo que tenía con mi pasado. Las toqué rozando sus bordes rojos como había hecho un millón de veces. *Viaja liviana,* pensé y, con tristeza, las dejé.

En cambio, agarré mi atuendo de camuflaje. En el pasado, solía soñar despierta con usarlo cuando robara para VILE. Ahora lo usaría para escaparme de ellos. Me cambié rápido y sentí que estaba más preparada a cada minuto que pasaba. Salí a hurtadillas del cuarto, dejando atrás a las muñecas.

El entrenamiento de Shadowsan sobre el sigilo dio sus frutos mientras me escabullía por la academia. Había llegado casi a las puertas del frente cuando la voz de Maelstrom me detuvo de golpe.

—En principio, me parece extraño que un dispositivo registrado en nuestro Departamento Contable del continente termine en posesión de Oveja Negra —dijo.

—Y lo que a *mí* me parece extraño es que Oveja Negra nunca haya declarado la propiedad robada para obtener créditos adicionales —respondió la doctora Bellum.

Me acerqué más a la puerta, con cuidado de que no me vieran. Vi al profesor Maelstrom y a la doctora Bellum dentro de la sala de estudios. Maelstrom se paseaba por la sala, mirando atentamente algo que tenía delante. Espié con precaución por el marco de la puerta y me quedé sin aliento cuando vi mi celular sobre el escritorio, frente a él.

¡El Jugador! Casi dije su nombre en voz alta por el nerviosismo. ¿Estaría bien? ¿Habrían tratado de comunicarse con él? Habían pasado meses desde la última vez que había

hablado con él, y, de repente, estaba desesperada por oír la voz de mi amigo otra vez.

Bellum tomó el teléfono y lo colocó en un cajón del escritorio, luego lo cerró y se guardó la llave en el bolsillo.

—Quizás la señorita Booker pueda darnos los detalles —dijo Maelstrom. Bellum y Maelstrom se fueron, y yo me escondí con rapidez detrás de la puerta de la oficina. Contuve la respiración, ni siquiera me animé a inspirar de nuevo hasta que estuve segura de que estaban fuera de la vista.

Cuando la zona quedó despejada, entré y corrí al escritorio. Saqué una horquilla y la inserté en la cerradura. Después de varios intentos, se abrió de golpe. *Por ser una escuela que enseña a delincuentes* —pensé—, *uno creería que las cerraduras serían más difíciles de forzar.*

El cajón se deslizó al abrirse y ahí estaba: ¡mi teléfono! Lo tomé y me escondí de la vista debajo del escritorio. Luego presioné la tecla de marcado automático.

—Tocino y Barbacoa Becky. ¿En qué puedo ayudarlo? —El Jugador hablaba con una voz aguda con un marcado acento sureño, pero igual, inconfundiblemente, era el Jugador.

—¿Jugador? ¿Eres tú? —le pregunté.

—¡Oveja Negra! Que no te quepa la menor duda de que soy yo. Solo estaba siendo precavido.

Suspiré aliviada. No podría describir con palabras lo bien que me sentí oyendo la voz de mi único amigo verdadero después de meses de aislamiento.

—¿Dónde has estado? —preguntó el Jugador—. ¡Contestaba gente extraña tu teléfono!

—No es mi teléfono —admití—. Lo robé.

El Jugador se quedó callado por un momento mientras pensaba lo que acababa de decirle.

—Entonces eres una ratera..., ¿y no me has llamado en todo el verano porque estabas en la cárcel?

Suspiré. Le había ocultado todo acerca de la isla VILE durante mucho tiempo. Pero se había acabado eso de mantener secretos de VILE para ellos.

—Jugador, ¿recuerdas cuando me contaste que usabas tus asombrosas habilidades de hackeo para el bien?

—El código de los *hackers* de sombrero blanco —dijo con orgullo.

—¿Qué dirías si yo también tuviera asombrosas habilidades... porque me crié en una escuela para ladrones?

Hubo un silencio del otro lado de la línea. Me mordí nerviosa el labio. ¿Había asustado al único amigo que tenía en el mundo?

—¡Diría que eso explica muchas cosas! —El Jugador sonó casi emocionado.

Pero nuestra conversación se interrumpió porque se oían unos pasos que se aproximaban.

—No te vayas —le susurré. Los pasos iban directamente a mí.

No había tiempo de escaparme de la sala sin que me vieran, y tampoco había ventanas. En cambio, la respuesta a mis problemas estaba arriba.

Desde el lugar donde estaba agachada, podía ver una rejilla de la ventilación. Los tornillos parecían flojos y sería sencillo quitarlos. Mi traje de camuflaje demostró ser útil cuando pasé del escritorio a la rejilla con un salto en el aire que pareció propio de una gimnasta olímpica. Agarré la rejilla y la arranqué del marco, luego trepé dentro del cielorraso. Enseguida volví a poner la rejilla en el marco, justo cuando la sombra de una figura entraba en la sala.

Anduve por el cielorraso, gateando por los estrechos pasajes lo más rápido que el reducido espacio me permitía. Cuando pasé por otra rejilla, vi algo que me hizo detener de golpe.

Sobre el escritorio que había abajo, estaba el disco rígido de VILE (el que Cookie Booker entregaba personalmente en la isla cada año en ese día), con el logo de VILE estampado al costado.

—Jugador, estoy viendo un disco rígido que contiene datos que podrían financiar a una organización delictiva durante un año entero —le dije en un susurro. Era increíble pensar que algo tan pequeño tuviera almacenada tanta información importante. En ese momento, supe lo que tenía que hacer—. Esta podría ser mi única oportunidad de obtenerlo.

—Entonces debes ir a buscarlo.

Sonreí contenta de tener a alguien de mi lado cuando estaba por llevar a cabo el robo más peligroso de mi vida. Hurtar el disco rígido no había sido parte de mi plan de escape, pero en ese momento me di cuenta de que era algo que se debía hacer. Ellos usarían el disco rígido para planear sus próximas operaciones delictivas. Si se lo quitaba, quizás impediría que lastimaran a personas inocentes.

Caí en la sala silenciosa como un ninja. El disco rígido estaba a pocos pies. Estiré la mano, casi lo toqué con los dedos, cuando, de pronto, oí la voz estruendosa de Maelstrom por el intercomunicador que estaba en el escritorio.

—Booker, ¿qué estás haciendo? ¡Estamos esperando que cargues el disco rígido! —Me sobresalté con el sonido.

Luego oí el ruido de unos zapatos con taco punta de aguja sobre las baldosas y me acurruqué bajo el escritorio, apretando las rodillas contra el pecho.

Por una rajadura del escritorio, podía ver que Cookie Booker estaba entrando en la sala. Vestía un elegante traje sastre negro y un chal amarillo sobre los hombros. Además, estaba empapada y furiosa por ello.

Booker presionó el intercomunicador con la mano.

—¿No sabes lo que es una tormenta, Gunnar

Maelstrom? ¡Tuve que colgar mis cosas mojadas! Agarró el disco rígido del escritorio y se fue taconeando.

Di un golpe con la mano contra la parte de atrás del escritorio.

—¡Lo perdí! ¡El disco rígido ya no está!

—¿Qué vas a hacer? —preguntó el Jugador.

—Iré tras él —le dije. Salí arrastrándome de debajo del escritorio, completamente decidida. El barco tendría que esperar.

CAPÍTULO TRECE

SEGUÍ A COOKIE BOOKER POR LOS PASILLOS DE LA academia, a cierta distancia para que no me viera. Tenía que esforzarme por contener los nervios mientras la perseguía con cuidado, asegurándome de no estar demasiado cerca.

—Si alguien me viera hurtarlo, nunca lograría salir de la isla —susurré en el teléfono.

—¿La isla que aún no pude localizar?

—La misma. Debo evitar que me atrapen a toda costa. De lo contrario…, se acabó el juego.

Iba por un oscuro corredor cuando, de repente, sentí que alguien me vigilaba. Era la misma sensación de la noche en que estaba en las rocas y me escapé de la isla. Una vez más, vi una cara pálida que me observaba, solo que en esta oportunidad no lo dejé pasar como si fuera producto de mi imaginación.

Me detuve y luego me acerqué más. Mimo Bomba

estaba allí, apoyado contra la pared como si no tuviera ninguna preocupación en la vida.

—¡Aj, qué porquería! —insulté por lo bajo—. ¡Mimo Bomba! —le dije con una enorme sonrisa, escondiendo el celular detrás de la espalda—. ¿Qué haces por aquí?

Mimo Bomba me saludó con la mano y simuló recoger flores invisibles. Se acercó las flores imaginarias a la nariz y las olió.

Traté de adivinar.

—¿Te detuviste a oler las rosas?

Asintió para decirme que había acertado.

—¡Que te diviertas cuidando el jardín! —Me di vuelta y me fui caminando, con la esperanza de no haber perdido la pista de Cookie Booker y del disco rígido.

—Nunca había oído una conversación tipo monólogo como esta —dijo el Jugador, desconcertado.

—No te preocupes. Solo era un mimo extraño que anda por el campus y vigila todo… y a todos… —le dije y me di cuenta, de golpe, de quién era Mimo Bomba en realidad— ¡porque es un soplón y un espía de los directivos!

Ojos y oídos…, ¡justo lo que dijo durante el examen de Cleo! Me di una palmada en la frente. ¿Cómo había sido tan estúpida? Fue Mimo Bomba el que les dijo a los directivos que me escabullí en el helicóptero. ¡Así fue como los limpiadores supieron que yo había viajado de polizón! No iba a permitir que me delatara una segunda vez.

Volví adonde Mimo Bomba había estado hasta un momento antes, pero ya se había ido. Volé por el corredor y lo alcancé de inmediato. Miró hacia atrás con expresión alarmada.

—¡A nadie le gustan los soplones! —le grité mientras me deslizaba tirada sobre las baldosas. Patiné derecho contra las piernas de Mimo Bomba y lo derribé.

No fue fácil meterlo en el depósito de útiles, pero conseguí empujarlo y me aseguré de sacar del estante el juego de herramientas del empleado de mantenimiento antes de que lo usara para forzar la cerradura. Con Mimo Bomba encerrado y las herramientas en la mano, partí tras Cookie Booker otra vez.

Volé por los pasillos, hasta quedarme casi sin respiración.

—Espero no haberla perdido, Jugador —le dije desesperada mientras iba de un corredor a otro. Por último, divisé un chal amarillo. Frené de golpe y me escondí detrás de una columna.

Cookie Booker estaba parada delante de un elevador al final de un pasillo. La observé mientras sacaba una tarjeta de acceso y la deslizaba por el panel de control del elevador. La luz del panel se puso verde. Abrí los ojos de par en par.

—Se necesita una tarjeta de acceso para usar ese elevador. ¡Si logra llegar a la sala del servidor y no estoy allí para detenerla, cargará todos los datos del disco rígido!

—A ver si lo entiendo —dijo el Jugador—. No puedes dejar que nadie vea que tomas el disco rígido, pero si ella lo carga antes de que tú lo consigas, entonces VILE tendrá toda la información almacenada y...

—Y ellos ganan. ¡Mejor que piense rápido! —Corrí al elevador. Cookie había entrado con el disco rígido en la mano, y las puertas se estaban cerrando. Llegué en el último segundo, patinando dentro del elevador como un jugador de béisbol que se desliza en el plato.

—¿¡Qué diablos...!? —dijo Cookie Booker, sobresaltada por mi súbita entrada. Me puse de pie de un salto, le sonreí y la saludé con la mano. Ella solo me miraba fijo, con el gesto fruncido ante mi desordenada aparición. Yo sabía que tenía que pensar rápido en una mentira si no quería que ella hiciera sonar la alarma.

—Disculpe si la asusté, señorita —le dije con mi mejor voz de adulta—. Trabajo para el departamento técnico de VILE, ¡y me han ordenado revisar la sala del servidor en seguida debido a, eh, unos cables sueltos! —Di una palmada en el juego de herramientas que todavía llevaba en las manos.

Sentía los ojos de Booker que me miraban de arriba abajo. Pasaban los segundos, pero ella seguía sin decir nada.

—Parece que las dos recibimos la circular sobre "vestir de negro" hoy —le dije. La miré para ver su reacción y, para mi desgracia, vi que el labio superior se le curvaba en una expresión de desprecio.

—¡Vaya, vaya, cómo ha crecido! —dijo.

Tragué saliva y respiré profundo.

—Sí, he crecido. Y con la edad llega la madurez…, que es el motivo por el cual estaba tratando de encontrarla, señorita Booker. Para que pudiéramos hablar. —Señalé el elevador—. ¡En algún lugar privado! Solo quería que usted supiera qué avergonzada estoy por las bromas tontas que le hice durante estos años. Le pido disculpas —dije todo eso con la mayor sinceridad que pude y contuve la respiración mientras ella pensaba en lo que acababa de decirle.

Finalmente, después de lo que parecieron siglos, habló.

—Me preguntaba por qué esta noche no hubo ataque con globos de agua, la primera vez que no hay uno en unos cuantos años.

No me salió otra cosa más que encogerme de hombros mostrando que sentía culpas.

—Sí…, lo lamento. Sé que usted detesta el agua.

—¡Ah!, supongo que las noticias vuelan, ¿verdad? —Su expresión se transformó en una sonrisa más amable—. Culparé de sus acciones a su crianza tan inusual. Después de todo, no se puede esperar un comportamiento honorable cuando se crece entre ladrones.

Le devolví la sonrisa más dulce que sabía hacer y le extendí la mano.

—¿Hacemos las paces, señorita Booker? —Ella me dio la mano y respiré aliviada.

—Por favor, llámeme Cookie.

Las puertas del elevador se abrieron. Habíamos llegado a la sala del servidor. Cookie bajó y se dio vuelta hacia mí.

—Jovencita, usted parece una muchachita inteligente. Siga mi consejo: ponga la vista en objetivos más altos que hacer bromas o robar cosas de los bolsillos. Trate de hurtar en los negocios, como yo. Ahí es donde está el verdadero dinero. Puede estar segura.

—Muchas gracias. Lo tendré muy en cuenta.

Cookie Booker saludó con la mano levantada sobre la cabeza como una reina en un desfile.

—*¡Arrivederci!* —Y se dirigió a los servidores.

Las puertas se cerraron y el elevador comenzó a subir.

—Soy un as para dar gato por liebre, si se puede decir —le dije al Jugador con una sonrisa pícara.

—¿Qué quiere decir "dar gato por liebre"? —preguntó.

—Es sustituir el objeto que estás robando por otro sin que nadie lo advierta —le expliqué—. Como lo que yo acabo de hacer con el disco rígido.

Levanté el disco rígido de VILE, que ahora estaba en mi poder. En cualquier momento, Cookie Booker se daría cuenta de que había cambiado el disco rígido por el juego de herramientas que había sacado del depósito. *Maelstrom estaría orgulloso*, pensé.

—¡Bien hecho, Oveja Negra!

—Eso no fue lo peor. Ahora necesito salir de aquí.

Las puertas del elevador se abrieron en el corredor de la academia. Me bajé y caminé despacio por el pasillo, con el disco rígido pegado a mi lado.

De pronto, se apagaron las luces. Todo el edificio quedó sumido en la oscuridad, aunque la oscuridad no duró mucho tiempo. Segundos después, algunas luces carmesí arrojaban un aterrador resplandor rojizo en los pasillos.

—*Código rojo*. Me descubrieron. El código rojo significa que alguien ha hecho sonar la alarma y que van a clausurar toda la isla. —Del otro lado de la línea no hubo respuesta—. ¿Jugador? ¿Hola? —Ninguna respuesta. Habían bloqueado las señales telefónicas. Ahora estaba completamente sola, librada a mi suerte.

Por supuesto, había pensado que Cookie notaría el cambio cuando fuera a cargar el disco en los servidores, pero esperaba tener unos minutos más de ventaja antes de que ella hiciera sonar la alarma. El plan era salir antes de que alguien se diera cuenta de lo que había hecho. Ahora tendría que escaparme cuando todos los de la isla me estaban buscando.

De pronto me di cuenta de cuánto peligro corría. Ya no me importaba si alguien me veía. Lo único importante era salir. *¡La boca de tormenta!* Me había servido en el intento de escape anterior y esperaba que me volviera a servir.

Volé por los pasillos hasta mi destino. Estaba sin aliento, pero la adrenalina me corría por las venas. Salté a la boca de tormenta y me arrastré lo más rápido que pude, luchando contra la avalancha de agua.

Por fin, llegué a la rejilla que daba al exterior y la empujé. No se movía. La empujé otra vez con toda mi fuerza, sintiendo que el pánico se apoderaba de mí. Entonces vi horrorizada que la habían atornillado por el otro lado. Los directivos se habían imaginado cómo había escapado la vez anterior… y se aseguraron de que no pudiera volver a hacerlo.

Me senté contra la rejilla, abrazándome las rodillas. Estaba exhausta y, por primera vez, me preguntaba si había alguna manera de que lograra salir de la isla. Toda mi planificación había sido inútil. Había arruinado para siempre mi oportunidad de escapar, y no había forma de que el claustro me perdonara fácilmente esta vez.

Traté de contener las lágrimas que me quemaban en los ojos. Observé el disco rígido. Los datos que contenía mantendrían a VILE en funcionamiento durante otro año. Con él, podrían hacer cosas terribles, como lo que habían hecho en Casablanca.

Pensé en lo que me había dicho el arqueólogo. Algunas cosas tienen un valor que va más allá del dinero que cuestan. VILE nunca lo había comprendido y nunca lo comprendería. *Alguien tiene que detenerlos,* pensé.

Me levanté y me limpié las lágrimas con el dorso de la mano, sentí que recuperaba el valor. *Saldré de esta isla,* pensé en una repentina ráfaga de confianza, y empecé a desandar el camino que había hecho.

Regresé al edificio de la academia, pegada a las esquinas y a las paredes. Las luces rojas todavía estaban brillando por todos lados. Al pasar por la sala de profesores, oí una voz conocida y me detuve.

—Pasó la hora límite. Hemos ubicado a todos los estudiantes, excepto a... —la entrenadora Brunt sonó triste.

—Oveja Negra —dijo Shadowsan. Había algo en la manera en que dijo mi nombre que me dio un profundo temor.

—Basta es basta. La niña debe ser castigada—dijo Cleo.

Me incliné más sobre la puerta para observar la reunión. Cleo coincidió con Shadowsan. Él apoyó la mano en la espada que le colgaba al costado y se me detuvo el corazón por un instante.

Si no lograba salir de la isla de inmediato, ¡sería el fin para mí!

Me di vuelta para irme, pero antes de que pudiera hacerlo, oí aproximarse los conocidos tacones aguja. Me escondí detrás de la puerta mientras Cookie Booker entraba en la sala de profesores.

—Maelstrom, la niña es una molestia, ¿pero clausurar toda la isla? ¿Era realmente necesario? —Cookie se plantó con un pisotón—. ¡Quiero irme inmediatamente!

—La "niña" ha robado valiosos datos de VILE, ¡y todo gracias a usted! ¡Debemos recuperar ese disco rígido a cualquier precio! —contraatacó Maelstrom mientras yo aferraba el disco contra mi pecho.

—Bueno, ahora no está en mi poder. ¡Por favor, denme permiso para partir! —Cookie tenía las manos sobre las caderas y miraba uno por uno a los miembros del claustro.

Maelstrom sacudió la mano impaciente mientras señalaba en dirección a Cookie.

—¡Está bien! Vete. Corre al continente, donde está seco.

Me quedé sin aliento. Si a Cookie le habían dado permiso para dejar la isla, eso significaba que el barco partiría también, y pronto.

—Perfecto. Recogeré mi impermeable y me iré.

De repente, se me ocurrió una idea. Pero para que funcionara, tenía que actuar rápido.

Me fui del corredor. No iba a quedarme esperando

por ahí para darle a Shadowsan la oportunidad de usar su espada.

Corrí a la sala de estudios, donde Cookie Booker había guardado sus cosas al llegar. Abrí los clósets y los revisé hasta que encontré lo que buscaba: el sombreo y el impermeable de Cookie Booker.

—Código rojo... —me dije en un susurro mientras veía el sombrero y la gabardina de color rojo carmesí que colgaban delante de mí. No había tiempo que perder. Agarré ambos.

Se oía más y más de cerca el ruido de los tacones de Cookie sobre las baldosas. Me escondí detrás de la puerta y la observé en silencio mientras entraba en la sala. Cuando se dirigió al clóset y vio que su gabardina y su sombrero habían desaparecido, dio un grito de frustración.

—¡Detesto esta isla! —aulló.

Yo sonreí y esperé cautelosa hasta que se acercó lo suficiente para alcanzarla.

CAPÍTULO CATORCE

PODÍA VER A VLAD Y A BORIS MÁS ADELANTE, haciendo guardia en la entrada principal. Tenía que pasar por ahí si quería salir y llegar al muelle. En sus *walkie-talkies* resonaba la voz de Maelstrom.

—Limpiadores, nuestra contadora ha causado suficientes problemas para una visita. Permítanle irse o desháganse de ella. ¡Sea como sea, no los voy a detener!

Aquí vamos, pensé. Era hora de ver si ese disfraz funcionaba de verdad. Me acomodé el sombrero rojo en la cabeza, dejándolo inclinado hacia abajo para que los limpiadores no pudieran verme la cara.

Empecé a caminar hacia ellos enérgicamente, haciendo ruido con los talones sobre el piso del vestíbulo. Los zancos que acababa de robar del gimnasio de la entrenadora Brunt estaban funcionando de maravilla. Los tenía apoyados en los talones de los zapatos y parecía que yo tenía la misma altura que Cookie Booker. Afortunadamente, tenía mucha práctica con ellos. Llegué hasta donde estaban Vlad y Boris.

El corazón me latía tan rápido que estaba segura de que se me saltaría del pecho. La entrenadora Brunt solía decirme que nada se escapaba a los ojos de los limpiadores, pero yo ya no tenía elección. Debía arriesgarme.

—¿Señorita Booker? —preguntó Vlad.

Me quedé callada, conteniendo la respiración. Estaba convencida de que el ardid había fracasado. *Ya está* —pensé—. *Se acabó.*

—Hasta el año próximo, señorita Booker —dijo Vlad, sinceramente apenado por ver que me iba.

—*Bon voyage* —agregó Boris mientras inclinaba la cabeza en señal de saludo.

Yo también lo saludé con la cabeza, bajándome aún más el fedora. Mientras pasaba por al lado de ellos, sacudí la mano como en un desfile, girándola del mismo modo en que lo había hecho Cookie Booker apenas un rato antes.

—*Arrivederci* —dije con voz estridente, imitando la de Cookie.

Me abrí paso a través de las puertas y salí a la intemperie, bajo la tormenta. El viento me azotó en la cara, y la lluvia helada me caló la ropa. Esperaba oír gritos detrás de mí en cualquier momento, pero no llegaron.

Apuré el paso. Los zancos se deslizaban en las rocas mojadas, y luchaba por caminar con los tacones de Cookie. Mientras bajaba, se tambaleaban peligrosamente sobre los escalones de piedra.

En cualquier momento encontrarían a Cookie Booker atada y amordazada en el clóset donde la había dejado. Me sentía, en verdad, *un poco* culpable por eso: ella había sido en cierta forma amable conmigo, a su manera. Pero mi vida dependía de salir de esa isla esa noche.

Por fin llegué a los muelles. Respiré aliviada cuando vi que el barco todavía estaba esperando. Las grandes olas se estrellaban contra los costados de la embarcación mientras esta se balanceaba de un lado a otro con la tormenta.

El rojo vivo de mi vestimenta era un manchón de color en medio del cielo oscuro. Era un color tan llamativo, en verdad, que usarlo, de algún modo, me hacía sentir más valiente.

Ya estaba casi en el barco. Podía ver al capitán, el mismo hombre al que le había robado el teléfono celular, mirándome desde el lugar en que estaba parado en la cubierta. Podía oír débilmente su *walkie-talkie* encendido y la voz de Maelstrom a través de él.

—Capitán, esté alerta. La dama de rojo no es una dama en absoluto, sino una joven… que suele lanzar de globos de agua. —Esa era la oportunidad del capitán para desquitarse, y yo sabía que no la desaprovecharía.

Enseguida me bajé más el sombrero para cubrirme la cara mientras el capitán trataba de descubrir mi identidad. Como no oía ningún ruido del barco, lo estudié detenidamente. Me quedé sin aliento.

El capitán tenía un arpón, la clase de arpón con el que podía dispararme directamente. Lo tenía levantado para apuntar hacia mí, listo para arrojarme una flecha.

No había tiempo para pensar. Corrí por el muelle, salté en el aire y me elevé hasta el barco. Mi impermeable ondeó a mis espaldas mientras enfocaba mi blanco. Cuando caí en la cubierta del barco, agarré uno de los zancos que tenía bajo los pies, llevé el brazo hacia atrás y se lo lancé al capitán.

El zanco hizo un remolino en el aire como un búmeran.

¡ZAS!

Dio justo en el centro del blanco. El capitán trastabilló hacia atrás y cayó por la cubierta. Se oyó un ruidito sordo cuando aterrizó en la orilla arenosa. Gimió, sosteniéndose la cabeza con las manos. Se había caído sobre el arpón, que se partió por la mitad.

Por las rocas, se veía una figura que corría a toda velocidad en dirección al barco. Con *demasiada* velocidad. Vi brillar un haz de luz y reconocí, con creciente temor, que era la luz de la luna reflejada en el acero. Era Shadowsan, que había desenfundado la espada de samurái y la llevaba en la mano.

Corrí a los controles del barco. Empecé a presionar los botones…, pero no sucedía nada. El motor se negaba a encenderse. Di un puñetazo contra el panel de control.

—¡Vamos! —grité, porque el pánico se estaba apoderando de mí. De pronto, recordé que el capitán tenía un manojo de llaves en el cinturón. Debían de ser necesarias para encender el motor.

Shadowsan todavía estaba corriendo hacia mí y se iba acercando. Salté del barco a la orilla, donde el capitán yacía inconsciente. Agarré las llaves, tironeé para desprenderlas. Cada segundo que pasaba, Shadowsan se acercaba más. Me obligué a tranquilizarme. Finalmente, las llaves se soltaron.

Volví corriendo al barco y clavé la llave en el arranque. El motor carraspeó y cobró vida. *¡Ahora sí!*, pensé.

—¡Oveja Negra! —rugió Shadowsan uniendo su voz con la de la tormenta.

El barco aún no se movía.

—Oh, *no...* —dije en voz alta. Golpeaba y pateaba los controles desesperada.

De reojo podía ver a Shadowsan en el muelle. Me temblaban las manos. Vi una palanca al lado del timón y la empujé hacia adelante. Sentí un tirón hacia atrás cuando el barco se movió de repente y lanzó chorros de agua contra el muelle, sobre los pies de Shadowsan.

Él se quedó observando cómo se iba de la isla el barco, conmigo, una figura de rojo, firme en la cubierta.

Nos miramos y, por única vez, no sentí miedo. Tomé

el sombrero rojo de la cubierta, donde había caído, y me lo puso de nuevo.

Shadowsan se fue haciendo cada vez más pequeño con la distancia. Lo vi enfundar su espada y exhalé aliviada. Ni siquiera me había dado cuenta de que había estado conteniendo la respiración durante tanto tiempo.

—Aprobé. Usted fracasó —murmuré.

Tomé el timón para fijar el curso del barco. Miré atrás solo una vez. Los edificios de la academia habían desaparecido, y la isla no era más que una mancha de arena y palmeras a la distancia. *¡Lo había logrado!* Por fin estaba dejando la isla Vile. No sabía si volvería a ver el lugar que durante tantos años había llamado hogar. *Espero que no*, pensé justo cuando un relámpago iluminó el cielo. Enseguida volvió la oscuridad y la isla desapareció por completo de mi vista.

Tomé el disco rígido y lo examiné detenidamente mientras en la cabeza le empezaba a dar forma a un plan.

CAPÍTULO QUINCE

LOS FRENOS DEL TREN CHIRRIARON, Y CARMEN regresó al presente.

—Es la terminal, la última parada del recorrido —dijo Gray mientras el tren se acercaba a la estación. Carmen asintió.

Gray se inclinó hacia delante, con la vara electrizante todavía en la mano. Había llegado el momento de darle a Carmen el mensaje que le habían pedido que transmitiera.

—VILE te extraña, Oveja Negra. Quieren una tregua.

—¿Me extraña? —preguntó Carmen airada—. Solo quieren que robe *para ellos* en lugar de *robarles a ellos*. Todo lo que quiere VILE es controlarme.

—Les has demostrado lo que vales. *Nos* lo has demostrado. ¿No es lo que siempre quisiste?

Carmen no dijo nada. Tenía la sensación de que había algo que Gray no le estaba diciendo.

—El claustro te otorga el perdón absoluto. ¡Hasta

Shadowsan está de acuerdo! —continuó Gray—. Arreglarán las cosas si vuelves a la isla, tu hogar…, el lugar al que perteneces.

Carmen suspiró. Gray no sabía si estaba pensando o no en su oferta.

—*Esperaba* que termináramos del mismo lado esta noche, Gray. —Carmen hizo una pausa y lo miró fijamente—. De *mi* lado.

—Sigues haciendo tu propio equipo —dijo él.

—Siempre fue así y siempre lo será.

Gray asintió despacio, luego levantó la vara electrizante. Esta comenzó a zumbar y chirriar por la electricidad mientras él giraba el dial hasta el máximo, al nivel mortal.

Carmen no tenía miedo. En lugar de eso, arqueó una ceja y dijo:

—¿Esto significa que no quieres saber de dónde salió mi nuevo nombre en clave?

Gray no había esperado una pregunta como esa. Dudó por un momento.

Ese era el tiempo suficiente que necesitaba un ladrón entrenado como Carmen. Arremetió para quitarle la vara, tomándolo desprevenido, y se la arrancó de las manos tan rápido que él apenas vio el movimiento. Al instante, estaba apuntándolo.

—Le agregué un sensor de huellas. Solo funciona para mí —dijo él triunfante.

Carmen se encogió de hombros.

—Entonces es un empate.

De pronto, las ventanillas comenzaron a vibrar y Gray tuvo que taparse los oídos por el ruido ensordecedor de un motor que llegaba desde el exterior del vagón de tren.

Justo al lado de la ventanilla había una avioneta que volaba paralela al tren en movimiento. En el asiento del piloto había un francés furioso que parecía estar gritándoles algo mientras sacudía una placa.

—¿Qué diablos…? —Dijo Gray, distraído por la visión del hombre descontrolado de la avioneta.

Gray recordaba que Carmen todavía sostenía la vara electrizante y se dirigió a ella. Pero, por un minuto, fue demasiado tarde. Carmen la levantó por encima de su cabeza.

¡PAF!

Gray cayó hacia delante, y se dio la cara contra la ventanilla. Con un chirrido, se deslizó despacio hasta el piso. Carmen rompió la vara electrizante en dos mientras él caía.

—¡Roja! ¡De vuelta en línea! —dijo el Jugador por el auricular.

—Me alegro de que estés otra vez conmigo, Jugador.

—¿Me perdí algo?

Carmen dio un paso hacia Gray, que estaba tirado en el piso, inconsciente.

—Nada que ya no supieras. Pero tuve que contarle algunos detalles a Gray. —Los recuerdos la inundaban…

CAPÍTULO DIECISÉIS

RECUERDO LA TRAVESÍA EN EL MAR COMO SI FUERA ayer. El barco se movía de arriba abajo sobre las olas de la tormenta mientras manejaba con cuidado.

Sentí un zumbido en el bolsillo. Saqué mi teléfono, vi el sombrero blanco y respondí inmediatamente.

—¡Jugador! —grité, feliz de tenerlo de vuelta conmigo—. ¡Lo logré! ¡Me fui de la isla!

—¡Lo hiciste! ¡Sabía que podrías!

—Necesito tu ayuda. ¡Necesito saber dónde estoy!

—No era bueno tratar de conducir el barco sin saber en qué lugar del mundo estaba.

—Rastreando tu ubicación… Estás cerca de las islas Canarias, un asentamiento español justo frente a la costa de…

—¡África occidental! —Otra chincheta para poner en el mapamundi—. Llegó el momento de ver el resto del mundo. ¿Estás conmigo, Jugador? Podría necesitar apoyo tecnológico.

—¡Sabes que sí! —Casi podía oírlo, a través del teléfono, golpeando al aire con el puño—. ¿Cuándo comenzamos?

Pensé en su pregunta mientras sujetaba fuertemente el timón del barco, con la lluvia salpicándome la cara.

—Ahora mismo.

El viento sacudía el ala de mi sombrero, y esta me golpeaba la cara una y otra vez. Molesta, me lo saqué, preparada para arrojarlo al océano como un disco volador.

—Basta de VILE —dije con firmeza.

—Necesitarás un pasaporte si quieres viajar, lo que significa que tendrás que usar un nombre distinto. Oveja Negra no va a servir. Tienes un nombre real, ¿no? —El Jugador no sabía que Oveja Negra nunca había sido un nombre en clave para mí. Era el único nombre que había tenido siempre.

Me llamó la atención algo en el sombrero. Era una etiqueta que estaba cosida en el costado interno. Me lo acerqué para leerla. "Ropa de Calle Carmen". Estaba escrito con letra grande y redondeada. Debajo, con letras más pequeñas, decía "Fabricado en San Diego, California".

El viento me azotaba el cabello. Me ajusté la gabardina roja contra el cuerpo, y por un segundo sentí que aumentaba mi confianza.

—Me llamo Carmen. Carmen Sandiego —le aseguré con una sonrisa. Sonaba bien—. Ahora…, ese asunto del *hacker* de sombrero blanco —le dije mientras me volvía a calzar el sombrero de color rojo vivo y lo inclinaba sobre la frente—, ¿tiene que ser blanco?

CAPÍTULO DIECISIETE

EL INSPECTOR CHASE DEVINEAUX PODÍA VER EL fedora rojo de la ladrona desde el angosto pasillo del tren, donde estaba parado.

—Carmen Sandiego…, te tengo —gruñó entre dientes y corrió al vagón de ella. Divisó la gabardina por detrás de la ventanilla de vidrio. *¡No tiene dónde esconderse, no puede escapar a ningún lado!*, pensó alegremente mientras llegaba a la puerta del vagón.

Irrumpió en el compartimento, con su placa en la mano.

—¡Carmen Sandiego, está usted arrestada!

Chase veía una figura como la de Carmen Sandiego, apoyada contra el asiento del tren. El sombrero le cubría la cara. Parecía que estaba durmiendo. *¿Está durmiendo una siesta la superladrona? ¿Ha bajado tontamente la guardia?*, se preguntó.

No era así como había imaginado el arresto de la gran Carmen Sandiego. Había esperado una captura más emocionante de la que hablaría todo el mundo durante años en Interpol. Aun así, la había capturado.

Chase le levantó el sombrero de la cara y dio un salto hacia atrás. En el asiento del tren no había una mujer, sino un joven, y estaba inconsciente. Tenía atados los tobillos y las muñecas.

—¿Qué? —gritó el inspector. ¿Quién era ese hombre, y dónde estaba…? *Oh, no,* pensó.

Corrió a la ventanilla y miró hacia la plataforma del tren. De pronto, la vista se le desvió hacia un destello rojo en medio de la multitud. Se le abrieron los ojos de par en par. Por unos instantes apenas, pudo ver la figura de Carmen Sandiego en su gabardina roja brillante. *¡Es ella!* Se estaba abriendo paso entre la multitud de la plataforma.

El tren empezó a salir despacio de la estación. Una columna le obstruyó la visión a Chase por un instante. Cuando volvió a ver la estación, ella se había ido.

Golpeó la ventanilla con el puño, furioso.

—¡No! ¡Otra vez no!

Sonó su teléfono celular y lo respondió.

—¿Sí?

—Inspector Devineaux —dijo Julia Argent—, hemos encontrado algo bastante asombroso.

—¿Sí? ¿Qué es? —preguntó Chase mientras se frotaba la frente.

—Creemos que es el segundo ojo de Visnú. El del

atraco de Marruecos, que quedó sin esclarecer. Lo encontramos justo en la mansión vinícola, casi como si…

—Déjeme adivinar…, ¡casi como si Carmen Sandiego quisiera que lo encontráramos! —Chase sentía que le estaba empezando a dar un dolor de cabeza, y lo que estaba oyendo lo hacía sentir peor. Se puso más pastillas de menta en la boca.

—¿Por qué otra razón dejaría ella un artefacto tan raro y valioso, inspector? Cuando sucedió ese robo en Marruecos y se llevaron el ojo de Visnú, fue una terrible pérdida para la comunidad histórica. Tal vez ella quería volverlo a poner en buenas manos para asegurarse de que lo llevaran a un museo.

Chase sacudió la cabeza. *No* —pensó—. *Un ladrón es un ladrón.*

—Si ella dejó el ojo de Visnú —dijo Chase—, ¿entonces qué había en su bandolera negra? Tiene que haber conseguido algo más, ¡algo verdaderamente invaluable!

Una lancha de motor surcaba las tranquilas aguas del río Sena, en Francia. A diferencia del audaz escape de Carmen Sandiego de la isla Vile, ese viaje en lancha era tranquilo y relajante.

—¡No puedo creer que no hayas tomado la gema!

—dijo el Jugador incrédulo. Acababa de enterarse de la pequeña jugarreta de sustitución que había hecho Carmen—. ¡Esa joya era del tamaño de mi cabeza!

—Fue una cuestión de beneficio mutuo —respondió Carmen con una sonrisa—. Sabía que Interpol la devolvería al lugar al que pertenece, lo que me dejaba libres las manos para llevarme el verdadero tesoro.

—¿El verdadero tesoro?

Carmen abrió la bandolera negra y sacó con cuidado el objeto que había dentro. Rodeó con las manos las muñecas rusas y con los dedos volvió a recorrer las conocidas curvas de pintura roja. Parecía que hacía toda una vida que se había separado de ellas, la noche del escape. No se había dado cuenta entonces de cuánto las extrañaría.

—Mis antiguas compañeras. Son como un hallazgo arqueológico…, el único vínculo que tengo con mi pasado. —Las dio vuelta. En la base de la muñeca más grande había una etiqueta adhesiva metálica en la que titilaba una luz roja. Era el rastreador que VILE había usado para localizarla.

—VILE sabía que buscaría estas muñecas. Las usaron para llegar a mí.

Carmen despegó el rastreador. En ese momento, una lancha se aproximaba a ella desde la dirección opuesta. *Enviémoslos a una misión imposible,* pensó, y pegó el rastreador en el costado de la lancha que pasaba.

—Ahora, ¿mandaste el dinero del trabajo de Shanghái a las organizaciones benéficas de mi lista?

—Comedor comunitario, refugio para personas sin techo, orfanato, ¡compruébalo!

Carmen sonrió. Ella y el Jugador se reservaban el dinero que se requería para las operaciones, pero el resto siempre lo destinaban a las personas que más lo necesitaban.

—Hasta tuve tiempo para descodificar el siguiente acceso del disco rígido de VILE —dijo el Jugador—. Es otra guarida secreta.

—¿Dónde esta vez?

—Está ubicada en el sudeste de Asia, en la isla de Java, en Indonesia.

Carmen soltó una risita.

—Justo cuando pensaba que había acabado con las islas.

Algunos destellos luminosos empezaron a danzar en el agua, y Carmen elevó la vista y vio la Torre Eiffel espectacularmente iluminada contra el cielo que se iba oscureciendo. Tanto parisienses como turistas caminaban por las calles de la ciudad y se sentaban en pequeñas cafeterías con mesas en las veredas.

Carmen se ajustó el impermeable.

—París no se va a ningún lado. Tenemos que ir un paso delante de VILE mientras tengamos ventaja.

—Te reservaré un vuelo.

La lancha iba a toda velocidad por el río, y atravesó París y su maravillosa belleza nocturna.

Después de escapar de la isla, lo primero que Carmen había hecho era enviarle al Jugador el disco rígido de VILE que había robado. Sus instintos no le habían fallado: las capas de encriptación de seguridad que protegían los archivos del disco no eran rivales para las asombrosas habilidades de hackeo del Jugador.

Lo segundo que había hecho era viajar. Siempre había querido ver el mundo, y eso era exactamente lo que se había dispuesto a hacer. Carmen viajaba cuando tenía ocasión, probando cosas nuevas, conociendo increíbles sitios de interés e interiorizándose de todas las culturas y la historia que podía. No todo había sido diversión, por supuesto…, también se había entrenado mucho y había hecho planes para destruir a VILE. Con el disco rígido en su poder, el Jugador pudo localizar las operaciones y los atracos de VILE. El resto estaba en manos de la gran Carmen Sandiego.

Carmen se acomodó su fedora rojo. Sabía que su misión en la vida continuaría para permitirle ver los rincones lejanos del mundo y… ¡nunca antes había estado en Indonesia! Estaba entusiasmada por haberse dado cuenta de esto de golpe y dirigió la lancha hacia el aeropuerto.

Otro lugar nuevo para ver, ¿quién sabía qué clase de emociones la aguardarían allí?

—Nos vamos a Indonesia —dijo.

Y Carmen Sandiego, una brillante figura roja contra la oscuridad, se fue en busca de su siguiente aventura.

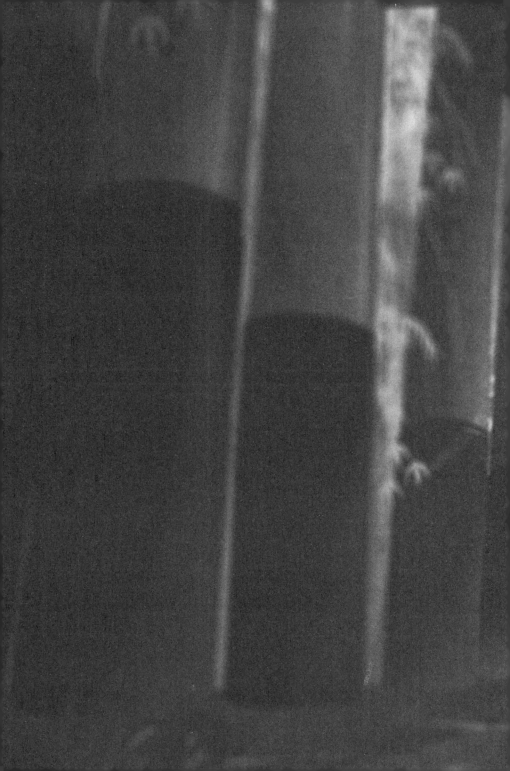